死の隧道をゆく

高嶋 進

目次

死の隧道をゆく

まえがき

「わたしはかって例のなかった、そして今後も模倣するものはないと思う仕事をくわだてる。」

この書出しは、希代の思想家ジャン＝ジャック・ルソーが著した『告白』だ。

彼が晩年絶望のうちに書いた、社会への自己主張と、自己哀惜の両面が交錯する独特の美しい自伝だ。ただひとりで生き、ただひとりで闘った人間の一生を描いている。

彼は、自分の才知を誇るためではなく、悩んでいる自分を救うためにこれを書いた。

「生涯のあらゆる境遇を通じて、わたしの内部を正確に知ってもらうことだ、魂の歴史であり自我の内部だ。」（第七巻）

「人間の内部は、たとえいかに純粋であろうときっと何か忌まわしい悪徳を秘めている。だから、あけすけに自分の欠点をいっても、ありのままの自分を示すことはかえってわたしの得にしかなるまい。」（第十巻）

大胆不敵な言い分であり、その意図だ。

ルソーは文学者である前に変革者なのだ。

世評とか伝統といって精神を束縛するもの一切を破壊し排除する態度なのだ。この反逆の精神は、新しい価値を求める青年の心を確実に鼓舞した。

自我を、変化と多様性と矛盾に満ちたものとして、そのまま描いた『告白』は世界の青年たちに熱愛されたのだ。

了作も、仲間も、ご多分に洩れず、先を争って『告白』を手にし、議論に耽った。

ただし、当時の書名は、ルソーの『懺悔録』だった。懺悔録は、まさに熱病に魘《うな》されたように青年の間に蔓延した。

変革の志を抱いて上京した了作は、演劇、詩劇、詩朗読、詩と音楽、と年経て様変わりながらも変革への徴からは離れなかった。

その際、仲間たちとの議論の傍らには必ずルソーの『告白』『孤独な散歩者の夢想』があった。小林秀雄の言説ともども、生きる縁となり、強烈な示唆を享けた。

いま晩年、了作は米寿を迎えて、『告白』『夢想』を再読すると、今昔の感深く、当時の未熟な読解力に胸締めつけられる。

だがルソーの冷徹、真への希求心は知らず識らず了作の髄に沁みて、心を煽っていまに至っている。

了作はルソーに消って、過ぎたことどもを想起し、冷徹に列記し携えてここにいる。
死への移行行為の隧道と思われる入口にいる。
了作、臍を固めて大きく息を吸う。
ともかく、死へのトンネルの隧道を走りだしたのだ。
思念を描く僥倖。
隧道を走りながら見た儘、感じた儘伝える。
気力と体力が生む恍惚と不安。
何としても考察、省察を極めることを祈る。

1

風がでて林が揺れて森が騒《ざわ》つく。

了作、息を張って一歩前に踏みだす。

風の渦に溶ける。

ボクはいま詩人になっちゃった。僕は今、詩人になった。

僕は今、死人になった。両手を大きく伸ばし宙を掻く。

なにもない、空気だけが広がっている。前も、上も、下も、横もなにもない。

虚空の崖に立つ懐《おも》いだ。

風もなく、音もない。静謐に絶無が潜む。恐怖さえ孕みかけている。

幽かな風は、砂風だ。風のかたまりだ。無の塊だ。

手でかきまぜる。攫《つか》めるか。むなしい。かき寄せる。手応えはない。なにもみえない。

無だけが潜んでいる。ここから生れでた感覚が過《よ》ぎる。ここから来たのだ。ここへ戻る。

了作、やたらに大きく宙を掻く。空気と空虚だけが揺れている。

宇宙は自然だと、記憶の底で響いている。

ソローの森の生活、森の哲学が過《よ》ぎる。自然から離れるな、小林秀雄の戒めが囁《ささや》く。なぜか万葉の風だ。山上憶良、ま幸く、幸はふ。

時間の塊、時間の風だ。

無の風が流れている。無限の果てから吹いてくる。闇のなか、闇路の旅の徴があり、無へ移行の扉が開いている。死へ移行だ。

了作は、思想としての死の準備は周到なのだ。少年時から青年時を経て幾年も、死を恐れ、憧れ、驚いた経験を累積してきた。死の思索に嵌まり溺れ、欝になった。自死への試みにも挑んだ。

時移り事去っても、死への覚悟は、愈々《いよいよ》深甚を究め、今、死への移行行為の扉の前に立っている。

この扉の前に立つまでには、遥々と来た。

生まれ落ちて物心がつく頃から死への恐怖と興味に取り憑かれ、夢で幾度も死んで、夜中に怯えて泣いて親を困らせた。自分を蒲団蒸しで苦しめて、仮死状態も試した。

誰もがもつ幼児体験は何とかくぐりぬけたが、人間は必ず死ぬのだと判ってからは、誰彼となく「死ぬのは恐くないか」と尋ねかけて顰蹙《ひんしゅく》をかった。

やがて死に直面することだけを深く心に刻みながら、日を過ごし、送った。

己れの異常さには一切気づかなかった。
死への尋問癖は時を経て治まったが、替りに、らしき書物を読み漁ることになる。

ハイデッガーは、死を積極的に考え抜き、これ以上逃れられない、あと死しかない場所に自分の覚悟をもっていく。自己意識を明敏にしたまま死を考えることだ、と云う。サルトルはこれに対し、覚悟にかかわりなく死は偶然の事実だ。どんな形而上学的思考も無意味だ、と云う。

死の存在論的概念は、まず死は経験不可能だということだ。死をほんとうに経験したときには、その人は死んでしまうので、そのときには、死を経験するということもなくなってしまう。

それで、エピクロスは、死などは存在しない、として死への恐れ、不安を戒めた。だが、一方では、死んだ人の亡骸が横たわるという死の厳然たる事実は認めていた。

この他者の死の目撃という形で、われわれは、基本的に、死の経験を与えられると伝える。そこにこそ確実に、死の経験が与えられる。

その際、大切なことは、故人が私たちから失われていくという存在喪失ではなくて、当の故人自身が死に直面し経験する、存在喪失していく経緯だ。死の移行は、肉体のなかで、時間的にも空間的にも、分布して存在しているのだ。空間的には、心臓から脳へ、肺から心臓への両方の経路がある。時間的には、動的な器官からはじまり心臓停止にまで至る。

故人は、そのとき、まさに死に直面し、現存現実となり、この世での存在を喪失しつゝ、非存在へ転化し無に向っていく。

その途次の逐次の変化を、自ら蒙《こうむ》っていくのだ。それが死だ。当人自身だけが知る存在喪失、死への移行だ。

元来、自己はどこにもなく無だった。この世に生れ、医学的具体化を伴って死が現れ、再び自己は無のなかに沈み込む。

無の大海のなかに、ひととき浮かびでて、漂い、必死にもがいて、やがて無の大海に呑み込まれてゆく。人間は、生きつつ死に、死につつ生きるということだ。

人間の死に立ち向う心理状態は種々さまざまだ。死の想念と気遣いでこそ人は死の影のもとの儚い存在だと思い知らされる。

死には、人間には窺い知れない存在の秘密がある。誰もその奥を覗き込んだ者はいない。

嘗《かっ》て、エジプトの神殿に、帳で隠された女神が祀られていたが、その帳を取り除くことに成功した者がそこに見たものは、不思議にも、当の自分自身だったという。ヘーゲルやノヴァーリスが語るこの意味深い言い伝えに従えば、存在の深淵を覗き込んで見出されるものは、当の自分自身の存在の真実以外にはないことになる。真理は、遠くにあるのではなく、日常の中に、道は近くにある。

自己を見詰める精神行為、その内向性をフロイトは分裂症と云ったが、ユングは分裂症ではなく健康状態と云っている。

その精神行為は、かなり高度に自覚的な振る舞いだ。

普通、人間は、無意識的に、習慣的に、生の営みを行い、衣食住の自然的欲求を満たして生き、人間であることの必要条件にのみ目が眩んでいる。その十分条件への思慮は見失っているのだ。

本来、奥深い内面的な要求を熟慮し、人間性豊な生きかたの示唆を享け、天命や天職の啓示、人生の意義の悟得、存在と無への洞察が必須なのだ。

死の本質に迫る。

無への移行行為の考察が不可欠だ。

2

了作は、人の臨終の床には心して臨んだ。息を引き取るまでは無論、引き取った後まで、了作は息も目も凝らして、漂い浮く霊鬼を追いかけた。

父の死も母の死も、死人に口無しだが、漸《ようや》くにして、死の隈取りが呟きかけてきた。穏やかな、すべてを赦す声音だ。幾千年の無限の奥底からの、含み、愛撫だ。心を掴み、赦す。極みの懐かしみは厳粛だ。脳裏に刻まれ離れない。

死への途次から、独り生返ってきた老人がいた。

了作の戸口に仁王立って、いかめしく声を弾ませた。「あの世、行ってきたよ。」

それは地域の温泉での事故だった。老人が浴槽に沈み、救急車で運ばれ既《すんで》に命拾いした。

「いいとこだったよ。緑のトンネルを走ったよ。白い光、見えていたよ。」

矍鑠《かくしゃく》とした老人の瀕死体験は微に入り細にわたる。驚いたことに、〈死に向ってトンネルを走った〉表現は、了作が識る世界の学者のそれとぴったり一致している。『死後の世界』のレイモンド・ムーディ、『死ぬ瞬間』のキュブラー・ロスのそれと寸分違わず、現世と来世の境目の表出だ。

それになお、『チベット死者の書』やスウェデンボリの霊界記述にさえ一致しているのだ。

老人の希有な体験表現は、了作の自説、「死は無への移行行為」「隧道の移行」の信憑性を一気にたかめた。

隧道は文字通り、墓地に穿《うが》ったはかみち、山腹、地中を穿ったあなみちなのだ。

それから五年後、老人は享年百歳で帰幽。

夏の朝、右手に釈、威儀を整え、裏山をゆっくりゆっくり登る背が視えた。頂の先に雲が、その先に天があった。

老人は予言どおり死の隧道を走ったのだろうか。

老人の姿が消えた山は、甲斐駒ヶ岳だ。いま了作の眼前に迫っている。

重畳する巨峰の群れのなかでひときわ端正な三角錐が屹立し周囲を睥睨する。毅然として神々しい。神々の黄昏との遭遇だ。神々が隠れ棲み、死者の霊が集まっている。

一見、己れの死場、と了作は即断した。

年経て、八ヶ岳南麓に甲斐駒ヶ岳に面して山荘を建てた。この山容を直視し、対峙しながら死にたいと希《ねが》ったのだ。

老人の消えた死の隧道の扉は、山荘に程近いはずだ。そう思ってみれば、確かにそれらしい様相の叢《くさむら》が森のなかにある。

見上げれば白桧曽《しらびそ》の樹林帯で、幹太く、遥か上の枝からのびた針葉が重なりあって空が見えないほどだ。鬱蒼だ。枝葉の透き間に甲斐駒が見える。

了作は、ベランダで山に対峙し釘づけになる。溢れる霊気と妖気に圧倒されて現実感覚が抜けていく。了作、これほどまでに己れの個性を主張する山を知らない。己れの明晰さを誇示する山を知らない。

了作と山の対峙、対話は知らず知らずに結局、生と死との考察に行き着く。極限のなかでみつめ、果てしない夢想を促す。

ヘルマン・ヘッセの声だ。

「死を準備する道にいったん踏み出した者は、もはや挫折することはなく熟成の度を増すのみである。いつか彼が、檻の扉が開いているのを見つけて、最後の動悸をもってこの不完全な地上の存在から抜け出すときが来るまで。」

了作は終焉の幕を降ろす準備ができてここにいるのだ。

風もない。

何も見えない。聞えない。

微かに馥郁《ふくいく》。香が誘い、頬に微風。

磨ぎ澄ます感覚。

ふときづくと隧道の入口とおぼしきものがある。

叢の小山が揺らぎでたようだ。

叢生に囲まれて一筋ある。先の先まで伸びている。宙に架かる、空中架橋。

忽然と隧路のなかにいる了作。

3

隧を走る。死へ走る感覚だ。己れの内部へ走る、奥の奥まで走りこむ。

行く手はしばらくなだらかで、やがて先方に大きく切り開かれた空間が見え、そこからまばゆい光が射してきた。

その空間に入り見上げると、巨大な楠の並木の枝が交差し天井を覆っている。その透き間に、拡大スクリーンの画面が光っている。

あたりはかすかな音ひとつ聞えず、おごそかな静寂だ。

ふと、二本の交叉した枝が妙に艶めかしく光っている。みれば、男が猿臂《えんぴ》をのばして宙に突き出している。引き締まった猿臂はセクシーだ。肩口から胸への肌の線は情感をそそる。

瞬時に動きだして、宙を蹴り、跳び、恍惚を充たす。万朶《ばんだ》の昂揚だ。

男は柳下規夫、ダンシングソロ。

モダンバレエ界の第一線で活躍、劇場の花形舞踏だ。

全裸に近く、腰の白布だけで、ヨハネの首を所望するサロメの狂おしく乱れる心を、妖婉に舞いきる。次いでロックの響きで、曽根崎心中の男女の愛欲に挑み、愛の極致、死に至る姿を描いてくる。

風がでて隧の梢《こずえ》が騒ぐ、フル・オケの大音響が耳を劈《つんざ》く。強烈なリズムの原始主義の風、咆哮と嘶《いなな》く管弦楽。ストラヴィンスキーのバレエ音楽「春の祭典」「火の鳥」「ペトルーシュカ」が吹《ふ》き捲《まく》る。

撓《たお》やかな肉体は曲律に跳《と》び翔《はね》て、宙の果てから果てを知ら示す。生と死の狭間を延々と飛ぶ鳥人だ。

生きる情熱の完全燃焼と死の静謐とで止めに止まらない渾身の狂い舞いだ。死出の旅立ちには格好の餞《はなむけ》だ。葬いの鉦鼓《しょうこ》の響きと厳しく心弛《こころゆる》んで暫し呆然だ。

柳下の深慮に了作唯々心が動く。

樹幹の画像が消えて闇がくる。暗い。底なしの暗闇だ。大きな空間だ。

みれば、そこここに漆黒の闇だ。これが死への移行行為の初動を指しているのか。

了作、頷きながら隧を走る。

恐ろしいほど深い闇がある。吸い込まれ覗き込まずにいられない。

声が響く。

「太古の闇と宇宙の涯から涯へ吹く風が触れあうところに、そいつはいた。そいつは石のように坐っていた。そいつが立ち上がると、山毛欅と樅の森から一群の鷓鴣《しゃこ》が飛び立ち、暗い山々はざわめき、顫《そび》える木霊が谷から峰へまでうねり響いた。……」

埴谷雄高の詩「寂寥」だ。

了作が私淑する作家だ。彼は己れの性格の特徴を「暗さへの偏奇」と自称している。

彼は戦後の日本の夜を完全に支配し、黒い神話になった思想家だ。容赦ない人間認識は、闇の風を孕んだ深いお告げになる。底なしの闇の回路には必ずや彼の顔と文学に遭遇しなければならないのだ。

了作隧走の伴走に現われたのだ。

続きを聴く。

「山毛欅と樅の森はざわめきはじめた。朽ちた樹の倒れた跡は潤い空間となって展いていた。そして、そいつの姿ももはや見えなかった。そいつの蹲った地点には一つの白い石が置かれていた。風と雨に敲たれたその石は砕けはじめていた。山毛欅と樅の森のざわめきにつれて、それは風化した。羽虫の飛びゆく唸りにつれて、砕けた石は乾いた砂粒に風化した。太古の静寂のなかで、その乾いた砂粒は音もなく崩れ落ち、微風につれて吹き散った。……」（寂寥）

埴谷は「死」を想う、「死」を語る。

アインシュタインが述べる「自然のちっぽけな粒子」として宇宙の何処かの粒子にまで連続しているという、存在との永劫和解の考えは、現代、一般的だ。生を遠く遡り、死も遠くまで辿り行く。

埴谷は自分の死については、もはやそれきり、ぷっつり説だ。存在との和解なしのまま、死にたい、と述べている。

さすが存在転覆のヴィジョンは鮮やかだ。

闇の説話は、埴谷、自家薬籠中の物だ。闇のナビとしては幸先よく心強い。了作はそのまま闇を走り続ける。

4

　ほんのりの光が緑の網目をとおして射し込んできた。目を凝らすと、男が一人、頭上の枝に跨がって両足を揺らしている。

　見知った顔だ。ナイーブな感性で懐かしむ眼差だ。黒いセーターの痩身。心做しか了作に微笑みかけて呟いている。

　イッセー尾形だ。

「閉所が恐ろしいと云い続けながら、実は十五年も渋谷の閉所の権化であるジァンジァンを僕は、どうやら愛しているらしいのだ。

　家と劇場を行ったり来たりするだけなのに、この長い年月の変節をはっきりと思い出すことができる。

　開始スレスレまでネタをいじくりし、終われば「やっ、お疲れ」と別れて、家路を急ぐだけなのに。

　舞台の上で（この先どうなって行くんだろう）と冷静に不安になっている間も、息を潜めて付き合ってくださる百人以上の息遣いは、僕の身体のごく間近に迫ってきたり、スッと遠のいたり、まとわりつくように渦巻いたりする。笑い声になる寸前のこの感触こそが、この空間にしかないものだ。

そんな後、暗い地下の楽屋を出て、地上へのスロープを上る時、ちょうど映画のワイドスクリーンを見るように渋谷の街、流れる人、服、靴、バッグ、そして何よりもすべてを物語ってしまう、無表情の裏に潜む豊かな表情。安らぎも、危険も不安も、幸せもが流星のように飛び交っている。……」

爽やかな物言いだ。いましがた野の花摘みをしたみたいに、けろりと軽く了作の心に沁みる。懐かしさの感懐は一入だ。

了作が挑んで果せなかった変革の志をみごとに成し遂げているのだ。

人は死に直面して生涯全てを一瞬に想起するという。了作死出の途次、彼の出現は頼もしく意味深長だ。

イッセー尾形は希有な才能だ。

自作自演「バーテンによる十二の素描」で一人芝居の原型を創り、映画テレビでも活躍、多くの海外公演で好評を博した。

彼の舞台は、混沌とした現実を提示し、客の認識作業を要求する。その作業は知覚認識をとおしての自己探求だ。精神をぎりぎりまで緊張させ、社会とも歴史とも緊密に関わり、そこで練りあげ、育て、洗練する作業だ。

演劇と社会の結び合いのなかに潜む力を表出するのだ。これこそ真の演劇人の作業だ。現在、彼を除いては誰一人この作業に挑む者はない。

懐かしい風に吹かれて了作は心豊かに闇にむかって歩く。

透かすと、幹に凭《よ》り掛《か》かる憂いげな視線が了作に注がれている。

長身痩躯の演劇青年、佐野史郎だ。イッセーの弟分か。近づくと、呟《つぶや》いている。

「島根の松江から上京してシェイクスピアシアターという劇団の旗揚げに参加したんです。当時、シェイクスピア演劇はとてもアカデミックなものだったけど、この劇団は舞台や衣裳に金をかけない芝居でやったんです。

ジァンジァンという劇場は、役者を目指していた僕にとって憧れの場所でした。日本の文化の中心地だったといってもいいかもしれません。住居から自転車で通いました。この頃の僕は「自分はできるんだ」「才能があるんだ」という強い自意識を持っていました。それは自分が役者として本当にやっていけるかという不安を打ち消すためだったのかもしれません。いい意味でも悪い意味でも、今の僕の原点がこの劇場にあるんです。」

了作は胸に迫る。

5

隧を走る。

死へ漂い流れる気が濃い。

奥の奥まではいりこむ隧だ。

どうやら暗い森を走っている。なだらかな路を過ぎ、ごつごっした岩だらけが続く。小さな草っ原があった。限りなく光彩を放つ花の群れだ。陶然とした気分に浸りながらも、しっかりした意識で岩と岩との間を近づいていく。

息を呑む光景だ。みごとに咲き乱れ、夢のようだ。芳香が満ちている。現《うつ》つを失う。

夢の形象は鮮やかだ。

すごい人は死んでゆく前に「死に夢」を見るという。鎌倉時代の名僧、明恵上人だ。夢のなかで、あちらの世界の花が咲き果実がなっている自然を見て、それを引き抜いて自分のところへもって帰ってくる。

明恵が言う「これから行くあの世を、こっちにもってきたんだ」と。そして「これ死夢だと思う」と、はっきり言った。あの世を引き寄せて隣に据え、すぐ行けるようにしたのだ。

精神医学者ユングは、湖畔にボーリンゲンの塔を作り、瞑想に耽り修行した。そして夢のなかで、あちらの世界にもう一つのボーリンゲンが完成したと知り、彼の死が近づいたと自覚する。

明恵、ユングとも、深い人生経験の思想としての死の準備、の必須を示唆しているのだ。両者に肖《あやか》って、山荘傍から森深く設《しつら》えた死の隧道を走る了作には感慨深いものがある。

天蓋からの光は緑の網目を透して了作の眼球を擽《くすぐ》る。

緩《ゆっくり》と、暗い隧道のなかだという意識が戻ってくる。夢か現つか、現つの闇か。無明の闇を生きてきた了作の寂寥感は否めない。

闇の隧を走る覚悟の臍を確《しっか》りと固める。

と、闇の先に陽だ。

近づくにつれ燦々《さんさん》の陽光だ。緑の網目から降り注いでいる。

見上げると太陽だ。太陽そっくりの美輪明宏だ。了作が、生涯親炙に浴しとおしたただ一人の人だ。直に接して感化を受けた。

よくぞ、この時、この場に、隧に現われてくれた。

了作個人は勿論のこと、小劇場ジァンジァンの活動を擁護し、援けてくれた人物だ。

彼は、長崎に生まれ〈神武以来の美少年〉と呼ばれたその美貌は一世を風靡し、テレビ、映画で活躍した。了作憧れの歌手であり俳優だ。

三島由紀夫は云う。

「彼は自ら作詞し、自ら作曲し、自ら歌うことによって、ほんとうの日本の歌へ向って進んで行った。

ペーソスとユーモアと官能と粋と、しかもそれを大根《おおね》のところで支える彼の深い素朴さと、ひよわそうにみえて実は恐ろしいほどの強靱さと、これが、丸山明宏のすべてであり、その叙情のすべてである。……」

フランス演出家ニコラ・バタイユは云う。

「美輪は眼で歌い、手で歌う。ある時は冷たい視線で、またある時には嘲笑の視線で。彼の肉体で表現するものは、彼の声の装置となりそこで各々の歌は舞踊となり、軽妙な喜劇となり、大ドラマと化身する。美輪明宏こそは、彼自身が劇場である。」

ジァンジァンでの公演は、二十五年間で二百三十三回に及び、集まった客の心を存分に満足させた。

就中《なかんずく》、彼が神降ろしで、前世が天草四郎時貞と告げられ、その生まれ変わりだと知って以来、了作は、彼による天草四郎の舞台化に固執し続けた。

承諾難航の末、上演が決定する。一週間公演だ。

舞台上、着物姿の彼は凛々しく、天草四郎その人だ。歌い上げる叙情は愛に溢れ、美意識が充満する。語りは、霊体験に裏打ちされ、時空を超える。

息もつかせぬ二時間に、観客は痺れて、動けない。

ジァンジァンの空間に夥しい数の霊魂が浮遊し、客を覆い尽くす。天草の乱の亡者たち、敵味方なく成仏のための纏わりだ。終焉ですべては、天空に吸い込まれ、消え去る。

了作は、霊魂が抜けた天井見上げ、腑抜けになる。

二〇〇〇年、ジァンジァン閉鎖。三十一年続いた叛骨の牙城が落城だ。

彼の閉館への餞《はなむけ》のメッセージだ。

「……マイナーなこの小屋をメジャーにしてやろうって意気込んだの。

ひとことでいうなら、伝導所、かしらね。戦前の日本文化にあったロマンや詩情、良い意味でのセンチメンタリズム、そうした要素を演劇や音楽に織りまぜ、地下から世の中に向って伝えようとしてきた」

「壊れたバランスを軌道修正する場所がジァンジァンだった」と高評して憚らない。

初めの出会いから、彼は、了作には凄い背後霊がついている、と励まし、ともすれば劇場継続を逡巡する鬱には、彼の強靱な精神が了作の背中を押し叱咤した。

彼は心霊の人だ。

神秘的な精神現象の人だ。

ある時、了作と深夜、車で「いま何処、足元を霊気が走ったよ」。了作、振り向き透かすと、古い墓地だった。

またある時、夜、宴席で突如、霊魂の大音響瞬発、暗転、全員腰を抜かすなか、独り平然の彼がいた。

その類の光景を幾度も目の辺りにして了作は、彼を徒《ただ》の人とは思えなくなった。普段、人間の内面を勝れて見透し、憑依した。

時には、死者の霊魂と生者の精神の交霊現象も察せられたが、死者の霊と意志を通じうる媒介者、霊媒とは異なる趣だ。

心霊作用を受けやすい、心霊力に感応する、真のサイキックの第一人者であることは間違いない。

サイキックパワーの多彩な語りで客の心を獲り込んだ。人間を人間扱いしないすべてに対し憤り、それを冷静に見詰める。反権力の姿勢は明らかだ。了作はその姿に、反権力というより革命家のそれを視た。革命児サパタ、チェ・ゲバラ、それにマスードの顔が、その表情に重なって、了作思わず息を呑む。

死への省察にも多くの示唆を得た。死の隧に至るにはこみいった経緯があった。

「私は九十まで頑張る、そこで、もういいか。」婆婆での別れの言葉を了作は忘れない。

あと数年を残しての御出座しだ。

いつもながらの心暖まる声音は有難い。

心豊かに、弾みをつけて走りだす。

6

隧の壁は緑の網目だ。

左右、上下、網目の筒だ。

透けた陽は斑に模様尽しだ。

細かい網衣から網行灯、そして小窓の穴へ、水族館の魚の窓が走る。枝が消え、葉が消え網目が消える。そして空だ。

空には雲だ。

雲には山だ。

隧の先には甲斐駒ヶ岳だ。

二十年余、見馴れ尽くしても見馴れぬ山だ。対峙した了作の苦しみ悩みを、吸い込んだ山塊だ。

襲いかかってきた山塊の威厳威圧に、初め了作の腰が砕けた。底知れぬ重量感と不気味さに、ひれ伏し、両手を翳《かざ》して話しかけた。

神々しい迫力は、まるで神々の黄昏との遭遇だ。神が隠れ棲み、死者の霊が集まっている。甲斐駒に祷《いの》る。

風が出て時が遡る。

四千年を遡る。

縄文人が視た風景を変らず視ている。

了作、朝な夕な念いかけ語りかけてきた。

だが岳は応えない。視るだけ。限りない万物の死を視てきたのだ。

了作、死に惑い、朦朧だ。死の心象を携えて隧道にいる。揺るぎない存在感と対峙して隧を走る。

異様な光景だ。

重畳する峰の群れが互いに光線を打ち返しながら乱舞している。なかでひときわ端正な三角錐が堂々と屹立し周囲を睥睨《へいげい》している。北、中央、南の三アルプス総称の日本アルプスで一番代表的なピラミッドなのだ。

毅然としている。高潔な気品だ。軽薄、通俗を拒み哲人的だ。

陽が西に傾き、沈む陽光が山塊の陰を掠めて真紅に染めあげてくる。時に風が雲を呼び、光の帯を遮り、引き千切り、撒き散らす。目に眩しい、神々の乱舞だ。

火花の飛沫が了作を射す。身を焼く。

黄金の時刻の滴りに身を打たせる。

全身金縛りの了作は蹲《うずくま》る。

現つを失う。

遠く近くたなびいている雲。隧の先は北を指す。空中架橋だ、海の上だ。眼下は日本海、津軽平野だ。

雲が変れば山も変る。

平野にひとり聳えているのは岩木山だ。秀麗な姿で津軽富士と呼ばれる。

津軽生まれの太宰治は述べる。

「……したたるほど真蒼で、富士山よりもっと女らしく、十二単衣の裾を、銀杏の葉をさかさに立てたようにぱらりとひらいて左右の均斉も正しく、静かに青空に浮んでいる。決して高い山ではないが、けれども、なかなか、透きとおるくらいに嬋娟《せんけん》たる美女ではある。」（津軽）

津軽が了作に取り憑いて半世紀経つ。津軽詣では眼の前、頭の上で常に岩木山があった。


岩木山は津軽の霊山だ。山岳信仰の本尊だ。

死霊が飛び交い了作の眼底に擽《くすぐ》りをいれる。

山頂に奥の宮の祠がある。

津軽最大の行事「お山参詣」は古くから識られる。白、青、赤の大幟や御幣が登山道に揺れている。連綿の過去の累積を篩《ふるい》にかけ、殺伐とした現実を清浄に換えるのだ。

天空に近い山頂で了作は留処《とめど》ない述懐の時を過ごした。

一天四海、茫々とした眺望だ。北は北海道、津軽半島、十三湖から八甲田山の群峰、下北島までも一望だ。

了作は中天に浮いている。

風が湧き、時間が飛翔する。遡行する時間が唸りをあげて了作を襲う。白雲が足下を掠めて流れ、冷たい霊気に包まれる。密かに多くの霊魂が集まる気配だ。

霊気を払うように下山だ。急斜面急降下だ。一六〇〇メートル降る。

7

山霞から潮騒へ。波飛沫で意識に上がる。

海岸は日本海特有の海蝕岩が延々と連なっている。湿気含みの曇天、多雪の海だ。晴天は極僅かだ。

空も海も暗く、重い。鬱然として気が塞ぐ。勢い人は内省的になり、懐疑的になる。

了作は日本海に臨む土地で育った。成年に達するまで日本海の記憶が占める。その海で遭難もし、救難もした。塩田作業にも駆りだされた。敗戦の玉音放送は煮《に》え滾《たぎ》る塩竈の傍らで聴いた。生気のない故里の海だ。

今、千畳敷海岸で同じ海にいる。

老いは生者と死者の狭間に人を立たせる。愛する者の続け様の死は酷だ。で、心で声懸け頓《とみ》に念じるほかない。形象を俟つ、像を結び示現を視るのだ。

海は人を詩人にし哲人にする。

海靄は多くを孕み示唆に富む。その叡知は、風を観て波に聴くしかない。

人は死を含んだ無の存在だ。生き抜いて死の影を受け容れる。

津軽の海は茫々だ、無限の奥深さに未知が覗く。「晩ネなれば沖で亡者泣いでセ」津軽の詩人高木恭造の声だ。死の隧道に響く明言だ。

隧道は津軽半島をひたすら北へ延びている。緑の網目はいつか色濃く堅固だ。重なる枝が増え、葉色も濃い。苛酷な風雪に耐えているのだ。

日本海に面して十三湖がある。

了作にはもっとも印象深い土地だ。荒涼とした雪の浜辺に廃船が何艘も横たわっている。潮の波は泡立っている。海と湖に挟まれた村落は息を潜めている。北の果ての沈黙の村、荒廃の極地だ。

周辺の十三湊遺跡は至る所に霊気が漂っている。山麓、丘、浜辺、街中と処所に広い。長年の大掛りな発掘調査で、十三湊が北日本を代表する大規模な中世湊町であったことが実証されたのだ。国史蹟指定も受けた。

京都、平安京に匹敵する文化都市が十三湊だ。古文書の記述だ。

「方八十余町の柵をめぐらし、……夷船、京船群衆し、湊は市をなし……、新町は、棟を並べ軒を接して数千万の家をつくり、民の竈を賑わい……」。

誇大だとしても十三湊の繁栄ぶりを窺うに充分だ。都から遠隔の、北の果ての湊が海外貿易で栄え、京の町屋に似た庶民の暮らしを類推し感慨深い。

そして驚きは、長髄彦《ながすねひこ》と思われる人骨発掘の事実だ。

大正十二年、道路工事中、貝塚を発見、完全な人骨が発掘された。津軽の遠祖、安日彦・長髄彦を合祀再葬の霊地と記されていた墓地からの発掘だ。

長髄彦は、神武天皇に抵抗した朝敵だ。津軽の始祖は長髄彦だという説もあった、が伝説と受けとめていた。人骨が長髄彦と確認されれば由々しき事態だ。歴史を塗り替える事になる。

この人骨は、平成元年から十年間、湊の資料館に展示公開されていた。その後、東京大学人類学教室に移管された。この地を去ったままだ。

人骨は、十三湊遺跡の施設に保管、展示されるのが順当だ。この人骨の不在は、日本の中央の正史からの津軽の黙殺、抹殺といえる。学識者が、歴史認識の歪みを齎《もたら》す、と嘆いている。

かくして世に欺瞞と隠蔽が蔓延《はびこ》る。真実に準拠せず、真理から遠退く。それは死者への侮辱あり、死への冒涜だ。何処よりも死者たちに近い土地では深刻だ。

そこから三キロ離れて、唐川城跡だ。

数多くの霊鬼が集まる、最も伝統、由緒ある地域支配の象徴的聖地だ。霊鬼は鬼と化した死者の霊、怪異、悪霊、死神を含む。

城跡は四方断崖を利用した中世の山城跡だ。展望に立った瞬間、一眸《いちぼう》息を呑む。

十二湖、大沼、日本海は勿論、遠く岩木山、白神山地まで一望だ。なだらかな牧草地、松林が広がり畑地、村落が穏やかだ。どこまでも長閑《のどか》だ。

極位の霊位は峻厳ではなく平穏なのだ。

心を癒す終焉の霊の感応は安穏なのだ。

六百年前の人の視た光景に溶け込み同化する。千年前の人も視たのだ。歴史を超えてきた光景が迫る。共有結合だ。磁場が拡がる。

時の遡行。緊々《ひしひし》だ。凄い。

見上げる空に時の航跡が走る。刷毛目縞の一刷毛。幽かな引っかき傷。透けた紗だ。了作、崖から身を乗出して攫もうとする。時をしっかり掴み、捕える気だ。だが紗の束は擦り抜ける。其儘《そのまま》、岩木山から日本海に逸れる。

聞こえない音が鳴り視えない透明が煌《きら》めく。

時空の歪みに嵌《はま》る。

悠久の先人達の想いが蘇り圧倒する。

遡行する時の渦のなかだ、霊鬼に囲まれる。

生と死の狭間で為すすべもない。

希有な交感現象だ、霊妙な夢遍路だ。

死の含有の多さに痺れる。

重苦しさで脳と目が霞む。

濃い靄が揺れて、くる。

透かすと、群衆の姿が暈《ぼ》けている。歩いて行く背で判る。前方の霊域へ向かう。確かな足取りだ。鎮まり心深げだ。

馴染んだ背格好が懐かしい。肩越しに表情を窺う。見知った顔だ、悦びが湧く。

無限の時間のなか、偶々生れあわせた哀歓だ。

不意の遭遇に驚喜乱舞だ。心が蕩《とろ》ける。

愉悦の洪水、氾濫だ。

先方は落着き鎮まっている。静謐だ。

了作独演の黙劇だ。

みれば、列の先頭に越後の女学生の制服姿。

森田静だ。隣に、
屋良文雄、沖縄のジャズピアニスト。

粟國安彦、オペラ演出家。

新垣盛市、風狂の人。

吉本隆明、自立思想の地平。

催華國、微笑の愛国者。

高橋竹山、津軽三味線。

高木恭造、「まるめろ」の詩人。

朝比奈隆、オケの指揮者。

祝興親、老賢者、がいる。そして親友、柴田克文、川口洋、がいる。

皆、心知りの人、共鳴する師、仲間だ。

忘れえぬ人だ。

顔を見渡すうち懐かしく涙が目を塞ぐ。

親炙に浴し、感化を受けた。了作が生き抜くための手扶けだ。終焉へ導いた。この死の隧道のイメージを示唆した人たちだ。

一足早く、隧を走った人たちだ。

揃って、並んで、立っている。

見詰められるだけて励ましになる。独りぽっちの、死への移行行為の力みになる。

親炙に浴した十二人の後に、私淑している人たちが勢揃いしている。

横光利一、志賀直哉、芥川竜之介、島木健作、高見順、堀辰雄、福永武彦、石川淳、大岡昇平、梅崎春生、出隆、井上光晴、島尾敏雄、太宰治、埴谷雄高、中上健次、辻邦夫、小川国夫、……ボードレール、ランボー、ロルカ、ニーチェ、ジィド、サルトル、カミュ、ヴェーユ、アヌイ、ドストエフスキー、シストフ、プルースト……。

続々と後から後から引きも切らずに現われる。彼らの著作を狂ったように読み漁った。その人を慕い、その言動を模範として学んだ。その尨大な思索は了作に生き抜く決断を促したのだ。

人は言葉で生きる、というが、了作は常に言葉の過飽和で臨界現象に噴まれている。結局、過剰想起、言葉で生き言葉で死ぬと臍《ほぞ》を固めている。

又々濃い靄が揺れて、くる。

と、親炙の人たち、私淑の人たち、群衆になって、了作に背を向けたまま、靄のなかに紛れ消えて行く。

感動の余韻に浸る了作を虚脱感が襲う。

必死で見送る。今生の暇乞い、の念頻りだ。

隧道のなか、群衆の行先を追う了作の眼に、陸奥湾が一望に見下ろせる。その湾を抱込んで津軽半島と下北半島が見える。

その下北半島のなか、駱駝の背のように三つばかり瘤《こぶ》を並べて一際高い山がある。恐山だ。

8

本州の最北端の山だ。この山を中心にした、古くからの信仰と祈りの地だ。人々は千年の間「人は死ねばお山に行く」と深い祈りを捧げてきた。

霊場恐山だ。

死者の魂が集まり、この世にいながらあの世に近づける場所なのだ。三途の川に朱塗の橋がある。火口湖は宇曽利《うそり》湖だ。白浜は極楽浄土に準える。

湖のほとりに菩提寺があり、その付近一帯に何々地獄といろいろの名前のついた噴煙が湧いていて、一種凄惨な気がする。傍らに賽の河原の石積みがある。幼子が積む父母供養塔を鬼が壊す地獄の時間は、人間が死ぬという未来に準拠している。

境内は、硫黄の臭いが荒々しい岩場に立ちこめて、石塚に小さな風車がからから回り、さまざまな墓標、卒塔婆の束が趣を添えている。見上げると、釜臥山、大尽山、小尽山、北国山、屏風山、剣の山、地獄山、鶏頭山の八峰がめぐっている。花開く八葉の蓮華に例えている。

宿坊「吉祥閣」に入る。

内風呂「御法の湯」、乳白色の硫黄の温泉利用。まるで宇曽利湖に浸る想いだ。

薬石・夕食は精進料理、前後に「食前の掲」「食後の偈」を唱える。

朝のお勤め、は地蔵殿でご祈祷、本堂で法要を執行。

清楚で何もない無の気配で、思想が自然に湧き、走り、定着する。二日間の参籠は意義深い。

いつ来ても変らず空気が緊まっている。霊気の粒が了作の首、肩の周りを堅く締める。死者たちが憑りついて重い。深層意識の妄念、執念、邪念さえ滲みだし、体の外へ、空へ行く。表層の短絡的思考は停まり、過剰に想起する癖を糺《ただ》し、潔斎し、心身を浄めてゆく。

今昔の感に堪えず、瞑目し静まる。時は停まり、また流れる。

冥界の風が吹く。

濃い靄が、揺れて、くる。

気がつくと灰色だ。

隧のなかは細かい灰の微粒子で充ちているようだ。暁霧《ぎようむ》のような闇の灰汁《あく》だ。

暗い越後の灰色が甦る。

空は灰色、部屋も灰色、灰色も着ていた。灰色だけに触れていた。灰色だけを吸っていた。

少年時、陽の眼が届かぬ部屋の隅や奥を覗き視て、怖れと寒けを覚えていた。陰翳の基調は闇だと識った。

いつも灰色の子供だった。

気も心も灰色だ。

否定的気質、孤独、精神の力を恃んでいた。

後年悩まされる過剰想起の遠因だ。

ゆっくりと隧を走る。

薄闇のなか、恐山和讃だけが追いかけてくる。

「……一つつんでは父のため、二つつんでは母のため、……日も入あひのその頃に、地獄の鬼があらはれて、つみたる塔をおしくづす」

「ぼくは不完全な死体として生まれ／何十年かかって／完全な死体となるのである」と遺稿したのは詩人寺山修司だ。死から出発した劇的人間の彼の核は恐山だ。

了作は文学、演劇、映画の分野で永く親炙に浴し、映画創りもした。

彼は云う「劇の対語に現実をおくのは間違いで、劇の反極にあるのは死だ」。

撮影しながらも、その眼差しは死を見詰めていた。

「死の日よりさかさに時をきざみつつつひに今には到らぬ時計」

来たる死を過去の時間に移したり、過去からの今を未来に送りだしたり、死が近い近くないではなく、死を引き寄せ、完全な死体になっている。

遡行、遡及、時間の移行、その時計のなかに彼は身を置いているのだ。無への移行行為の考察者だ。

死の隧道を走る大先輩だ。

靄のなかに先達の気配を探る。

「過ぎ去るものは全て嘘、明日来る鬼だけが本当」

鬼とは何だ、幾通りもの応えがある。未だその正体を識らない。
靄いよいよ深く、和讃が響く。

芒の群落

9

それにしても、死の隧道を走る了作に次々と懐かしきが遭遇する。忘れて意識の下にあるものが意識にのぼる。隧での遭遇は浮世に比して埒外《らちがい》に衝撃が強い。

生と死の狭間に立ち顧みて、了作、変革に挑んだ志、その達成感は殆ど無い、失敗だけだ。絶望の淵から頓《とみ》に下降を辿る心地に嘖まれている。究極、変革の願いは世間には受け容れられずに終わるのだ。

絶望だけが人生だ。

己れ自身の総括の帰結は敢え無い敗退の既決だ。諦念含みの出来様の心がまえだ。

難破しながらも、よく航海した、と述懐はできた。

老化と死は自分ではどうにもならない現象だ。人間の根源的受動性を顕わしている。能動的自己は痛烈に打ちのめされ屈伏を強いられる。遂には、老体と老衰、老残と老醜の身を、自分のこととする。人間は能動と受動の二面性を具《そな》えていると十分に識らされる。

人生の虚妄と空しさが会得されて、人生を、誇張もなく、卑下もなく、ありのままに見詰められ、自己の人生の限界と特性、その意味と無意味とが鮮明に凝視されてくる。

そして、時きたってこの世に別れを告げ、自然の摂理に従い、従容と死に赴くのは、人の使命なのだ。

灰色は靄。

灰色が揺れ、流れる。

その折り、一条の光が射し込む気配だ。己れの足元を照らし輪郭を浮き上らせる。

それは親炙の人が、将に凡俗に立ち向かい闘う姿だ。葛藤と格闘が鮮やかに甦る。詳細のなかに了作がいる。参加し熱中している。懐かしと歓びが湧く。挑み業の裏方が了作だ。挑みに情熱を賭け燃焼した日々だ。

己れの果せなかった変革への挑みの手助だ。

確かな手応えが甦る。

生甲斐の片鱗だ。

その為に生まれてきたのか。あとは死に場探し、死に様だけが課せられた為業なのか。

和讃がひびく。

隧のなかも外も灰色。

灰色のなかに明るみが射す。

懺悔の風が極めてくる。

仄暖かみに励まされ、了作、勇を鼓して走りだす。

風は微風、空気は澄み心の奥まで澄んでくる。見渡すかぎり雲はない。

隧、緑の網目には甲斐駒ヶ岳だ。離れず交感してくる。心の奥を覗き込んでいる。樹々を透して、風を透して了作に語りかけてくる。

了作の心が、魂が反応する。

自然は人間のほんらいの魂の住み家だという。自然に接するとき、自然は魂となり、また魂が自然に転化するのを感じる。

大空の微風は魂の交感。

自然は内なる魂となり、人の内界と外界を繋ぐ筋道になる。それは、いつか心をそそるものになる。理性より真情に訴えてくる。その真情を媒介にして思想が発想され、培われるのだ。

生れつき外界にあふれ出る魂をもち、過剰想起に悩む了作は、魂が外の抵抗に出会い、悩み、悦び、行動した。それらの繋がりで外界がひらけてきた。

ふりかえり考えれば、自然は、人がみな生まれながらにして持っている決して過《あやま》たない良心なのだ。それ故、人が一個の自然人として風景のなかに立つとき、自然はかならず精彩をおびてくる。

微風は清々しい。

明るい光だ。

陽が射している。

見る間に体のなかにも明るい生命が流れる。

新しくはじまる。

新鮮さを感じる。

眩しい光のなかに人魂だ。

キューピー人形のような小児、目が大きく裸だ。愛の象徴だ。

無垢清浄、誕生仏だ。

風呂で男児をシャボン洗いする了作がいる。

その体はみごとな造形美だ。彫刻家も舌巻く完璧だ。ギリシャの富豪、少年愛の逸話が脳裏を過ぎる。

身も心もすらりと純だ。

了作は掌中の珠の我が子を撫でながら感無量だ。この純もいつしか己の感覚と経験に襲われて、知識を培い、規矩準縄を育み、俗に塗れ俗を生きることになる。

心には先天的に具わっている理性能力があり、感覚や印象を受容する際に、潜在的な形で働いている。その知性と、世間に広く通用している知見とを、たえず突き合わせることになる。様々な感情や情念の絡んだ坩堝に巻き込まれて生きることになる。ほかならぬ自己自身の人生の真実の姿のただなかに立つ。己の宿命と向き合うのだ。

死という終わりを予感して、救いと絶望の狭間で、悩みとおしつつ生きるのだ。

眼前には、我が子の生涯の一切が回る走馬灯のように見えている。無限の闇から生まれ、また闇に消えてゆく姿だ。

生きるとは愛することと思ってきた了作には、愛の結実を前にして愛に纏わる悩みは深い。それは自己として生きる人間の根源に関わる根本問題なのだ。

了作は、束の間の掌中の珠に胸締つけられる想いだ。

10

敗戦後、了作は青年共通の悩みの只中にいた。文学、宗教、共産主義、デカダンス、ニヒリズム、恋愛、性欲、あらゆる問題の混淆に足掻《あが》いていた。

恋愛は了作にとって最大の問題であり、自己形成の原動力、情熱の源泉だった。

その折り、倉田百三の『愛と認識との出発』と出合った。男と女の霊肉合一、という言葉は斬新で衝撃だった。本能的な愛欲を、哲学的な認識を通して、論理的、宗教的な愛にまで高めるということだ。

倉田百三の求道癖は了作の人生観を彩り、思索を促した。そして、ジイド、ランボー、サルトルを経て、了作を実存主義の道へと辿らせた。

上京すると、性の言説は想像を超えて伝播していた。その夥しい愛と性と死の背景には性現象の抑圧と隠蔽がみられた。

夥しい恋愛小説も読み続けられていた。

恋愛論といえば、常にその筆頭に挙げられるのは、スタンダールの「恋愛論」だ。それによれば、恋愛には、情熱恋愛、趣味恋愛、肉体的恋愛、虚栄恋愛があり、情熱恋愛が恋愛の本質だとする。それには、その対象を美化させてしまう心理の結晶作用があるからだ。

この「結晶作用」は恋の生成過程を語る言葉として有名になり、「恋愛論」の代名詞のようになっている。

スタンダールに劣らず注目した作家は森鷗外だ。『ヰタ・セクスアリス』は性の自分史の自己点検だ。性は主体を確立して行く力と、抑圧して行く力の両作用がある。鷗外はこの両義性を考えて、文学のなかで繰り返し性のモチーフを扱ったのだ。『ヰタ』以後、『青年』と『灰燼』でもそれを描いた。

性欲の克服、その葛藤は単に性欲の問題としては終わらない。観念的、思想的な議論は新しい生の美学の模索に尽きるのだ。

思想家吉本隆明は云う。

「性は動物的生理的行為であると同時に、観念的幻想的行為でもある。人間の性的行動というものは〈自然〉と〈文化〉、〈生理〉と〈幻想〉の二重性をもっている。」（世界認識の方法）

「愛については、精神の距離が縮まって、そこから日常の距離が縮まって恋愛が始まる。細胞同士、遺伝子同士が呼び合うような感じが本来的な恋愛の感覚。」（超恋愛論）

彼はまた、哲学者ミシェル・フーコーの日本への紹介者だ。

フーコーは、『性の歴史』三巻を刊行し、〈性〉と〈真理〉の問題で話題を呼んだ。彼は性とセクシュアリティを区別する。セックスは〈性器〉〈性交〉であり、セクシュアリティは〈性現象〉〈性的欲望〉〈性行動〉で性の性格、特質を包括的に示している。

性の行動はどのようにして知の対象になったのか、〈性現象〉はどうして組織されたか、それは一つの知の生成、だと云う。

愛欲の営みと、生、死に就いて、相互関連を省察し、自己との関連に焦点を当てていく。

それは人間存在が自分は何であるか、何をなすべきかを思索することだ。そして議論の主な主軸は〈性〉から〈生〉へ移行していく。

自分自身を変容し、自分の生を、美的価値あるものにする、〈生存の美学〉に迫っていく。

フーコーは生涯かけて〈主体〉の問題に取り組んだ。

自己の高みへの道として〈生の様式〉を考察し、厳しい自己統御、自己鍊成だとする。

美学的、倫理的な主体化の様式だ。

生存の美学、実存主義のカテゴリーだ。

愛の物語の氾濫はけたたましい。

愛の考察著述は夥《おびただ》しい。

11

了作に衝撃を与える出版が続く。

リチャード・ドーキンス著『利己的な遺伝子』だ。

遺伝子は非常に利己的で、自らのコピーを蜒蜒《えんえん》と増やそうとする。それ故、人間に限らず遺伝子をもった個体は、その遺伝子の乗り捨ての乗り物にすぎない、という。

この理論は従来の生物観を根底から揺るがし、世界の思想界を震撼させた。自己形成などは雲散霧消なのだ。だが最近、DNA至上主義からの解放説が続出、個人は環境と遺伝形質にそれぞれ対応し、人間の自由意思を形成するという。

次いで、人類学者ヘレン・フィッシャーの『愛はなぜ終るのか』だ。

出版されるや忽ち全米ベストセラーとなり世界に衝撃を与えた。愛は四年で終るのが自然だ、と説いた。

人は四年で離婚する、と人間の性のあり方を刺激的に解明したのだ。

原始時代に、男女が番い、子供を生み育てて、乳離れして庇護が要らなくなる時期、それがほぼ四年目だった。現代の夫婦離婚の時期と一致する。

不倫、離婚、再婚を繰り返すのは生物学的に自然だ、と断定する。ダーウィンの自然淘汰から推論する性淘汰の理論を展開、性現象の進化を説明した。

これは古典的恋愛論を吹き飛ばす勢いだ。

遺伝学者、生物学者、人類学者、心理学者の恋愛感情分析の著作が氾濫し、喧しい。

古今未曾有の愛の苦悩の探索だ。

そのなかを、二百年余燦然と輝き続けてきた小説『青い花』がある。

ドイツ・ロマン派の詩人・哲学者のノヴァーリスが著者だ。

主人公ハインリッヒが夢で見た青い花に憧れ、この青い花に導かれるようにして旅を続け、さまざまな人と出会い、内的経験を重ね、やがて詩人へと自己形成していく物語だ。

小説は、発展目覚ざましい諸科学や、カント、フィヒテの哲学、ゲーテの文学などを「詩（ポエジー）」を軸に反省し捉えかえしていく百科全書的試みだ。あらゆる博識を編集し統合する理念のシンボルだ。そしてドイツ・ロマン主義の最も範例的な作品となったのだ。

彼には、その思索が書き込まれた「一般草稿」と「断章と研究」が尨大な量に上る。

彼自身の言葉の長編小説観がある。

それは、ひとつの生であり、「自分の全生涯」を包含するものである。人間に関するだけでなく、自然、神秘も忘却しない、総合的な図書館である。また、個々人の内面にある学問、情報の歴史を味験し、変貌し渉猟する自我がある。そして、自己批判のなかから生まれる、より良き状態への「歴史的、哲学的憧憬」なのである。

時代の知や情報は、そのような憧憬のなかでひとつひとつ反省されねばならないというノヴァーリスの意図なのだ。

絶望の時代という時代認識のなかで、哲学の超出としての〈ポエジー〉を見出したのだ。哲学する意識から生じた文学批評とポエジーが創造的認識であるとした。

「ポエジーは哲学の主人公である。哲学はポエジーを高めて原則とする。哲学はポエジーの価値を知らしめる。哲学はポエジーの理論である。哲学は我々にポエジーとはなにか、それが一にしていっさいであることを示す。」（予備録）

彼は、ゲミュート（心意識）を「いっさいの精神の調和」と規定し直し、このゲミュートを表出し、励起する術こそがポエジーなのだとした。

詩は、自己反省と批評を孕み、その究極の意図は、「彼方へと越えていくこと」だ。越えられぬ境界をあえて越えていこうとする。

西と東、健常と異常、男と女、現世とあの世、二つを隔てる排除の境界を越えていく。

越境した先は、混沌とした闇の世界であり、同時に、ゆたかな創造性を孕んだカオスでもある。ノヴァーリスは、来たるべき世界を「理性的カオス」、「無限乗」と呼んだ。創造的カオスは、詩的理性によって豊かに、無限に増殖していく。

彼は、自然学や哲学から、音楽、文学、言語、国家、道徳などあらゆる学について考察する。自らに収斂した知の総体を、象徴的表現により「知の肉体化」として捉え返していく。それが「百科全書」という企画になり、さらには、ただ一冊の書物としての「聖書」を書くという目論見になる。

この諸学に触れて考察した思考を、断章という形式で無数に書き記していったのだ。詩という言語芸術のもつ音楽性とはなにか。ノヴァーリスは云う。

拘束や規定から自由になった精神のなかには、いっさいが、――愛や善、未来や過去、希望や憧れなどが――うごめいている。そのうごめき揺れているものを表現するには音楽がよい。

続けて書き記す。

「我々の言語は、最初は音楽的だったが、後世には、散文的に、調子はずれに、さらには喧しく、騒音にすらなっている。……言葉はもう一度歌にならなければならない。」

彼は自然物に潜む内的な力に拘《こだわ》る。

音楽も言語と同様に、ざわめきを分節化した記号に置き換えて成立した。森がざわめく、小川がせせらぐ、月光がちらつく、暖炉の炎がゆらめく……ふるえ、ゆらめき、動きはじめる。

ざわめきを根源的に孕んでいるのは、実は、言葉そのものなのだ。だからなべて人は言葉と繊細な関係を取り結んでいる詩人なのだ。すべてのものに対する微細な関わり、敬虔な関係の仕方なのだ。

だが、近代の詩人は、ざわめきと、ざわめきを抑圧する絶対的な空虚との間で引き裂かれる。

そのなかで、沈黙と表現のぎりぎりの境目で、耳をそばだてなければならない者としての詩人が最大の復権をとげるのだ。詩を書くとは、ノヴァーリスの云う、真に倫理的な要請なのである。

風はない。

暗くもない。

黙々と隧道のなかを了作は歩いている。

鋭い知性と深い感性が結びついたノヴァーリスの文言が了作を捉えて離さない。思念の波に溺れたままで金縛りだ。

風頭山、墓みち

12

爽やかな風が吹いて、「現代詩手帖」新年号が届く。

巻頭に、谷川俊太郎の詩だ。


「言葉を覚えたせいで」


言葉を覚えたせいで、言葉では捕まえるのが不可能なものをどうしたら良いのかわからない。僕ら人間は言葉で出来ているのだから、言葉以上の、あるいは言葉以下の世界を言葉で知ろうとするのは無理だろう、と誰もが言うけれども、好きな音楽を聴いていると、音楽には言葉の能力を超えた何かがあると思う。

言葉のおかげで人間は意味というものに取り憑かれるようになった。確かに人間は動物と違って、意味なしでは社会生活を送れない。

だが、意味のおおもとにあるもの、言葉で名付ける以前にそこに存在するものに迫るのが散文とは次元の違う詩の狙いだと考えたい誘惑から逃れるのは難しい。それだけが詩の目的だとは考えていないが、詩を書こうと身構えると、どうしてもその方向に意識が動く。

……（中略）……

書かれた情景は一枚の水彩画のように
意識の額縁に収まっている
赤ん坊を抱いて私は散歩から帰る
日常が当然のように戻ってきて
やがて西陽が家並みの向こうに沈む
詩が言葉と別れて闇に消える

鮮やかな言語論だ。卓越したポエジーだ。哲理を包含して見事だ。ノヴァーリスの夥しい断章の思念の縛りを払拭する。

二百二十年の時間の塊が飛んでくる。

ノヴァーリスの生れ変り、再来だ。

思想の総括だ。思想が確かな感触で、息を吸い込むように体中に沁み込んでくる。高尚で清潔な快感だ。

久し振りの俊太郎の詩才との遭遇だ。

青年期、共に詩の朗読運動に耽溺した。多くの詩人のなかで突出した詩才だった。親炙し感化を受けた。

今また、隧道のなかでの遭遇は、至福の極みだ。「得たりやおう」の呼掛けの心境だ。

俊太郎とノヴァーリスがオーバーラップする。天才の二重写しだ。二人の文言や記憶が錯綜する。了作の意識は身動きできない。

俊太郎は二十億光年に飛び去る。

ノヴァーリスの肖像が迫ってくる。

十五歳のころの横顔と見馴れた成人の肖像に、墓碑の像が加わって順繰りに廻ってくる。

二十二歳で大学を終えた彼は、その秋、行政官見習いとなる。

間もなく、男爵の義理の娘、当時十二歳のゾフィーと運命的な出会いをする。

「最初の十五分間が決定的だった」と結婚を申し込む。彼は彼女のなかに永遠の無垢を見て、理想の化身として、己の守護霊と悟ったのだ。翌年、二人は秘かに婚約した。

この時期は、自分の愛するものはゾフィーと哲学だと友人あてに手紙している。

だが、この十歳年下の婚約者は、秋に結核性肝臓腫瘍で重態になり、翌々年、十五歳の誕生日の二日後に亡くなった。

衝撃を受けた彼は深い喪失感に噴《さいな》まれる。不可視の世界を感じ、神と不死への信仰に身を浸す。

ある夕暮、ゾフィーの墓で閃く恍惚感に襲われ、墓が塵のように吹き飛び、数世紀が瞬時に過ぎ、浄化されたゾフィーをまざまざと感じた。

この幻想的な体験で、光と闇、昼と夜、生と死を融合し超越する独創的な高い詩の境地に達したのだ。俗世を厭《いと》い超越世界に憧れる神秘的な詩人ノヴァーリスという伝説の像になったのだ。

『青い花』は、主人公の愛の巡礼行を描いていて、青い花にみた顔の女性に出会い永遠の愛の原像だと認識する。その愛は自己達成の道をあゆみ、やがて時を超越する世界に至る。未知なるもの無限への憧れに辿り着く。

現代の複雑化する社会で、小さな存在の個人に、自己の心情にこそ拠所を求めるようにと、の強い要請なのだ。

恋愛小説のなかでは突出している。

純愛小説のなかでも白眉だ。

生涯、了作の脳裏を占拠する。

末路、隧道のなかにまで展開する。

各々詳細を極め、鮮明だ。

次々と、継いで数珠繋ぎだ。

13

心づいてから読み漁った愛話は数知れず常に傍らに在った。降り注ぐ愛の言語は雨霰で、脳領域に嵩を張り、愛欲、性現象のそれも加わって天井知らずだ。

脳内以外の体内も、四肢は疎か、指先、各末端まですっぽりだ。

だがその殆どは忽ち雲散霧消し忘却の彼方へ消える。それでも脳内に停滞する暫くは、了作に諸々を示唆、諭し、諌めもする。

頑なに留まり反芻を繰り返す言説は、集い纏って、真の愛、理想の愛に収斂して行く。

ジャン＝ジャック・ルソーの「同じ肉体にふたつの魂がやどるというのが理想で、さもないと、わたしはいつも空虚を感じる。」

倉田百三の「私は男性の霊肉をひっさげて直ちに女性の霊肉と合一するとき、……。」

衝撃は隧のなかに響いている。

愛について秀逸の言葉たちを携えて、船出した人生航路は多事多難だった。

戦後、物情騒然の日々、了作は体制変革の夢を追って演劇活動のなかにいた。大学二年で学生演劇に填《はま》った。以後、日常を覚醒し、現実を変革することを意志していた。世は政治の季節であり、演劇界に多彩な運動が勃興し、学生演劇は大きな活況を見せていた。

僅か二十余名の劇団主宰ながら、了作は三面六臂の活躍を余儀なくされ、寝食を忘れ寸暇を惜しんだ。物心両面で先行きは濃い靄のなか、不安だった。

不安克服には激しい鍛練と議論の日課が必要だった。男女の数半々の青年たちは、時代を生き抜くために懸命だった。それは己を見詰め、意識と行動の主体である自我との真摯な対応でもあった。

仲間たちは、夜を徹して演劇論に熱中した。激論は、余勢を駆って他集団との討論にまで拡がっていく。

思索、議論は日々恒常的だった。

そのなかで、当然のごとく、青春期であり、熱論は恋愛論にまで及んでいく。それは殆ど観念的であり、実践からは乖離、もしくは数歩先を行くものだった。「可哀想は惚れてることだ」と漱石が云った、とか、「勃起なく抱き締めたいが愛だ」とか稚拙な言葉が初動だった。そして精神的絆の重要性が議論になる。「精神の距離が縮まって恋愛が始まる」が通り相場になる。

愛の本質は、その存在の絶対的肯定であり、あるがままに大切にして、育て、見守ることなのだ。

知的な自己拡充が愛の最高の形態だとして、その形態は、素晴らしさと堕落への萌芽を含んでいる。実際に、自分の半身を求めての恋情や欲情での永続性のない低俗な享楽的恋愛も生じてくる。

人間は、肉親の絆や確執、友情や仲間意識、同胞や連帯、社会や国家などあらゆる人間関係において愛憎の葛藤に巻き込まれる。

人間相互の人生の自己拡充は難しく、我欲の凄まじさは人間の宿命と云える。人間のうちには、光と闇、天国と地獄、善と悪との二元性が潜在している。二つの魂が争い合っているのだ。

それだからこそ、愛の理念の尊さを絶えず想起する必要に迫られるのだ。

万般の書、意が了作を廻る。

論評繁く議論倒れもたえない。

夢中、忘我の境に似る。

そんななかでも恋は生まれる、そんななかだからこそ生まれる恋だ。

観念奔逸。

連日連夜繰り返す、精神の距離が縮む。

脳と脳、切磋琢磨、励ましの仲間だ。

愛の言質の摺り合わせが時間を浪費する。

互いの細胞と細胞、遺伝子と遺伝子の呼応、接近を実感する。遅滞ながらの熟成だ。

自己拡充の愛の働きは、没頭、献身、自己主張の狭間で苦悩する。

一方で、愛は、他者へ向かい人間に関ってさまざまに働きかける。そのいのちを絶対的なものとみなして、自己目的として扱い、その尊厳を尊ぶのだ。

だが人間のうちにはそれに逆らう我儘な心がある。心の底には厳しい生存競争の意識があり、熾烈な争いが伏在している。

我儘を抑える克己の精神が必須だ。

14

だが、現実の関係や人間の情念の蟠《わだかま》りは、恐ろしい不可測の要素を秘め、日常の煩いを形造っている。

そのために、言語行為が人間関係を築く絆となる。対話、会話、相談、論議などとりわけ言語を介した触合い、交流が連鎖となる。

交渉関係は自他関係の転化だ。

自己と他の自己との関わり、自他関係の基本は第二人称として対峙する。

第二人称の「汝」と向き合ったブーバーの「我汝関係」の思想は衝撃だった。根源語「我―汝」の人格関係が自他のコミュニケーションと相互理解を可能にすると云う。人間関係の希薄になってゆく現代社会では喫緊の課題なのだ。

だが、サルトルは、逆に、自他の関係は、相克が宿命で、峻烈な争いが対人関係の根本事実と見做した。

ヤスパースも、自己と他者は、相互協力し乍《なが》らも、互いを人間吟味し不断に確認しようとする、と述べる。

考えれば、この憂慮によって、すでに、対人関係は、亀裂を含み暗い翳りを内蔵していると云える。不信の翳りは人間を襲う絶望の姿だ。その責は、自身のうちにも巣くう罪責性であると自覚されてくる。

自他関係で、他者は世の中の柵を纏った怪物として自己に出会ってくる。その背後には、さらに多くの隠れた他者が控えて、渦巻いている。

そのなかで、人は、いかにして他者を理解するのか、この他者認識という難問は、哲学的な謎なのだ。

フッサールは、過去の自己を、いわば他の自己として、自分自身のうちに含み込んでいるとみた。自己は一重の単純な自己ではなく、他者性を含んでいる、と。

だが、自己でありつつ、他者とともにあるという、二重性、両義性を生きることは、人間には極めて困難になる。

自他関係で、なにより重要なのは、面前に立つ他者を、すべてにおいて、自分は承認することができるかどうか、逆に、他者も面前の自分を承認してくれるかどうか、だ。自他の相互承認だ。

対人関係の要点は、この一点に懸かっていると云える。

ヘーゲルは、相互承認に至るためには、それぞれが、みずからの悪と偽善を告白して、許し合い、水に流すことが絶対に必要であると結論づけている。

15

隧道に充満した万般の言葉は、風をおこし、一陣の吹きで静まった。

樹間を渡り冷気がそよぐ。

からだが冷え、肋骨に気が透る。

覚めた脳髄がうごく。

張りついた言葉が離れない。

「自らの悪と偽善を告白し、水に流すこと」

自他の関係で、相互承認に至るためには絶対必要だ。とヘーゲルの言葉だ。それはルソーの言葉とぴったり符合する。

「よいこともわるいことも、おなじように率直にいいました。何一つわるいことをかくさず、よいことを加えもしなかった。」（『告白』第一巻）

人間の内部は、たとえ純粋であろうとも、きっと何か忌わしい悪徳を秘めていると感じていた。率直に、あらわに全存在をしめすという近代的告白は、ルソーが創始者なのだ。ルソーに肖《あやか》った「隧を走る」で、了作は身につまされ緊張を強いられる。

自我は、他者の振る舞いに妨げられたり、援けられたり、大きく依存しつつ、この世を生きている。

シェリングは、他者とは、本質的に、自我によって統御しきれない、自我への抵抗性をもつものである、と述べている。

自他の完全な融和や調和はけっして望めないのだ。人間は、他者との亀裂と連帯の狭間で、対人関係を生きるほかないのだ。

シェリングの言葉が隧を走る。

颪にのり心にのる。

冷たく、侘しい。

薄氷をふむ。

苦悩と憂悶を抱きしめる。

無限の闇が流れくる。

生涯の時間が塊、背に軽く、重い。

伸しかかり、また浮き挙げる。

樹間の幹に縋《すが》りたい。

突如、ルソーの言葉が急降下して了作に襲いかかり猛省を衝く。底知れぬ告白との対決を迫る。

凮、熾り、奥深い罪の意識が噴出し、喉元から胸いっぱいに拡がる。

世間でいう罪でなく根源的、罪だ。

仏教やキリスト教の、原罪、ではない。

ソシールやシェリングの言葉に絡む無意識域の、深層の罪だ。

それは闇の暗黒にぴったりと焦点を絞る。

闇黒が光沢する。

闇黒から熔けだし漆黒に溶け込む罪だ。

瞬時、雷光に垣間見る奇っ怪な心象だ。

さまざまに変様する形象だ。

魔神。

恐れ慄いて意識を失う。

16

闇黒を隧道が抜けている。

隧の樹間は暗い。

枝の隙にルソーの肖像だ。

表情は暗い、物憂げだ。

『告白』がきこえてくる。第九巻。

「ママンは年老い、しだいに卑しくなってゆく。地上ではもはや幸福になれないことは明らかだ。……わたしには、この世には、精いっぱい努力してみたいと思うようなものは何もない。

わたしがテレーズと知りあったのは、ちょうどそんな時であった。この娘のやさしい性格は、いかにもわたしと似合いと思われ、わたしは彼女と結ばれた。

わたしには家族がなかった。彼女にはそれがあった。一家の者はみな、性質が彼女とはまるで異なり、わたしの手に余った。これがわたしの不幸の第一の原因だ。

テレーズとはおたがい真剣に愛しあった。わたしは心情をすべてそこにそそいでいたのに、その空虚はみたされなかった。

子供がその空虚をみたしてくれるかもしれぬ。その子供が生まれた。しかし結果はいよいよ悪かった。こんな育ちの悪い家族に子供らをまかせて、彼らよりもっと育ちが悪くなったら、と思ってぞっとした。孤児院の教育のほうが危険がずっと少なかったのだ。わたしは決心した。

……テレーズの兄の下劣な素行を見てもらえば、この男のうけたのとおなじ教育を、わたしの子供にうけさせるべきだったかどうか、判断できる。」

この孤児院のことで事件がおきた。

ヴォルテールが中傷的パンフレット『市民の感情』を投げつけたのだ。『エミール』の著者が子供を次々と捨てたと暴露した。ルソーは最初事実を否定しようとしたが、思い直し、自叙伝執筆で、すべてを告白し対決しようとし、『告白』執筆の決意が確立した。

第十一巻だ。

「……わたしの欠点を全部白状して、心の重荷をおろそうとした。テレーズとの関係および、どんなふうに子どもを処理したかまでかくさずに、リュクサンブール夫人にうちあけた。……（中略）……

見も知らぬ子どもから長くはなれていると、父性愛や母性愛は弱められ、ついには消滅する。ひとは、手塩にかけた子を可愛がるほど乳母にあずけた子を可愛がりはしない。こう考えてくると、この一件の結末は情状酌量されるだろう。しかし同時に捨子というそもそもの過失はより重大なものとなろう。」

魂が、外界の抵抗を受けながら、悩み、よろこび、行動する、その動きは鮮烈だ。ルソーは、自分の背後に何をもったか。自分ひとりだ。自分を見つめ、自分を裁く自分のみだ。神もなく、社会もない。社会、あるいは文明、人為は、彼を裁く側にいないのだ。

誰ひとり弁護してくれそうもない悪事の告白、そこにこそ自己自身を深く信じる人間の勇気の価値をみる。

弱々しくしかも尊大、偉大で奇異な人物。

自分自身の前に跪《ひざまず》くルソー。

その姿に了作は胸がつまる。

17

容赦ないルソーの魂が強烈に了作を襲う。潜在する同質の罪の告白を迫る。

忽ち、隧の樹間は、罪が投影される場になる。スクリーンになる。了作を裁きの場に曳きだす。

その裁きは、罪は、人間二人を半世紀の間、懊悩の獄舎に閉じ込めたことだ。

二人とは、了作の子ども二人だ。その誕生から生涯、兄は母なし児、弟は父なし児のラベルを貼って社会の寒風に晒したのだ。

相方の女性は、幼児と了作を残して家をでた。いられなくなったのだ。

戦後、社会変革の演劇活動に填まり込んだ了作に、家族、その生活を顧みる余裕はなかった。見兼ねた了作の母が登場する。そして、互いの意志の疎通がはかれず、確執に変っていく。破局、別居になる。

事態の成行に困惑しながらも、了作には一つの述懐に対する拘りがあった。了作は、非嫡出子であり、しかも父待望の跡取りだった。

了作は、低学年まで苛めを受けた。戦時中は、非国民の子どもとして揶揄嘲弄された。

父を恨み、母を恨む日々もあった。宿命を呪い、死も念った。けれど、奮い立たせ、境遇を承け、日々に耐えて生きた。

その苦悶の表情のなかで、感じ、考えて、収斂し、次第に意識の弁証法に傾いていった。

そして、敗戦の衝撃が一変させた。

忽ちのうちに、いかに生きるべきかという根本問題が、日々の生活を覆った。

だが、この問いの深刻な悩みは、あまりにも繊細で内面的意識なので、世俗の言説の場では表立って問題にされなかった。

人は、多くの場合、誰にも相談せず、無言でこの人生の重大問題を抱えて、悩みながら生きている。

日常生活は、ひたすら持続し、たえず反復される務めで成り立っている。この習慣の循環は、生活一般のための手段にすぎない。習慣的に、生の営みを行い、衣食住の自然的欲求を満たし、自然の本能や衝動に従って生きる。それは人間の存在の必要条件だけを満たして生きることなのだ。

しかし、それだけでは、人間的な自己自身として生きることの十分条件は満たされない。

人間精神は、自然を基盤とし、善をも悪をもなしうる両義性をもつ。だから絶えざる不安のなかで、自己の内面的必然性を生きなければならない。

　ノヴァーリスが断言する。

「俗人は日常生活を生きるだけである。その主要な手段こそがかれらの唯一の目的であるように思われる。」

「おれたちに日常生活はない」

　了作たち、戦後新劇仲間の多くが公然と標榜していた。貧しい居室、乏しい飲食で演劇活動に嵌っていた。

　なかには、ヘルダーリンの言葉「われらもまた行いに乏しく、思想にあふれているのだ」と、現実の境界を超えて精神的営みに挑むと意気込んでいる者もいた。了作も、高橋新吉の色紙「大地もまた雲のごときものである」を承け、俗説に抗っていた。

　仲間との討議討論では、ニーチェの「超人、世人」言説や、ノヴァーリスの俗人断章、ランボーの「季節のうえに死滅の人々」の詩句などが飛び交い喧しく、孤高、高潔に生きる人の言説が敬愛されていた。

　生活のない了作に子育てはない。すべてを子の祖母が取り仕切る。母親代わりだ。

　偶々、深夜、帰宅して寝惚け眼の幼児を膝に、車のハンドルを握らせる。運転の驚喜の緊張に触れる。時の一滴、親子の愛を感じる。

だが、途切れの感懐は愛ではない。離れては父性愛は薄くなる。消滅へと傾いていく。普遍の真理だ。手塩にかけて育てた子に如くはない。離れるほどに強くなる絆、も考えられるが、それは希有な情況での錯覚だ。自己欺瞞の強弁だ。

当時は、世情騒然だった。

戦後の学生運動からの闘争が、社会の矛盾をたたき、新しい価値観を繰り広げていた。だが、東大安田講堂陥落を機にそれは退潮しはじめていた。

変革に挑む了作の日々は難業だった。諸々の苦難が待っている。頭脳作業はフル回転だ。祖母委《まか》せの子のことは意識から消えている。日々の接触のなかにしか愛はないのだ。

思い出したような接触は自己満足だ。

小学入学式の出席を促され、校長が、祝辞で、子どもが欲しがる自転車は霊柩車とともに、と事故防止を示唆した。了作は率先励行、子のねだりを拒否した。間もなく、息子が友だちの走る自転車列に交り独り徒歩でいたと、報せてきた。

了作、内心忸怩たるおもいだ。父親が張る意地に耐えて走る心根に胸が痛む。

エゴイズムという語彙が心を過る。了作の念いは、俗世の風に逆らって独自の自我を確立することだ。了作の自己中心的な願い、我欲なのだ。

そして、万引事件がおきる。

友達四人と、市街スーパーでの文房具類の掠め取り、が発覚した。四人の親が対応策を鳩首する。表沙汰を避けたい親たちを説得して了作は盗品返品を強行する。理髪店主が同行する。店の戸棚に隠された盗品を持参する。

段ボール箱ぎっしりの品物を前に店長が云う「低学年はかわいい、高校生はトラックでくる。」「警察への届けは無用だ。」了作の意向を見透かして諌める。

一件落着。四人には、届出の意向含みで伝える。息子は祖母に真剣に訊ねる「警察で死刑になるの。」

幼さを翳りながら仲間と共謀する、健気さを装い、それに、母なし児の悲哀に嘖まれた表情をみてしまう。

18

了作は省察の淵に沈んでいく。

人間は、内に多様な要素を秘め、たえず周囲の他者と自分を比較し憶測に耽る。そして、いつか欠如の不幸を意識する。

その欠如状態の悲しみから、いつしか充実状態、幸への憧れが生まれてくる。然し、日常には、幸・不幸をめぐって、不平や不満、羨望や嫉妬、意地悪や妨害、卑下や慢心、確執や紛争が、あらゆるところに起ってくる。

そして重要なことは、その人の心の奥底で割り切れず蟠《わだかま》り続けて囚われることだ。取返せない痛恨の痛手として心に刻まれるのだ。この世を、不正と不当、邪悪と不義に満ちた地獄として、実感しているのだ。

その地獄への通行券を、了作が我が子に渡したのだ。その苛酷さを深く考えず、自分も通った道だ、の安易さだ。

顧みて、了作の場合、時偶揃った両親と過ごしていた事があった。彼の、全く片親の苦難とは雲泥の差だ。殊に母恋しだ。懐いは、そこに至って断腸の涙が流れる。

万死に値する罪の意識に苛まれる。

正に、敬愛のルソーが、子捨て孤児院事件で味わった苦悩の跡追いだ。ルソーは罪の重さに打ち拉がれるが、自我の多様性と矛盾をそのまま告白している。

了作もまた、思想に溢れて行いに乏しい、と慨嘆に堪えない。

けれども、人間は、自分なりに世俗の事柄に気を配り、注意し、努力し、生きる場を確保していく。衣食住の生活基盤の確立とともに、自分の生甲斐を目指す。その達成にはいろんな面で課題や障碍に出会い格闘が起る。

生きることとは、欠如の意識にもとづき、それを充足させるという情熱で成り立つ。だが、その意識が自分で充足できないと自覚したとき、それは不幸の意識となる。

生きているかぎり、充足の安泰感が、叶えられず、与えられなければ、人間は、終生、不幸なのだ。

だが、親の杞憂を撥ね除けるように子は育っている。逞しさは独り沸く。

彼は、大学進学を選ばず、友と自営の社をたちあげる。建築の床張り工事を請ける。

了作は、愚かにも、てっきり大学進学と思い込んでいたので、意外だった。忽ち思いだす、七十年前、詩人谷川俊太郎の大学進学拒絶を知ったときの新鮮な驚きだ。世情の風潮に流されず、自己で態度決定する強烈な印象だ。我々の日々の営為のすべては、自己決定と自己決断の連続なのだ。

人に雇われず、使われもせず建築作業に携わる彼に、了作は寧ろ手応えを感じていた。行政であれ企業であれ雇われるな、は了作の口癖だった。

彼の日常には、了作は一切関わらず拱手傍観していた。深夜帰宅と早朝出勤の二人には殆ど接触なく、意志の疎通もはからなかった。

だが、了作の胸の底には、絶えず彼への贖罪の主調低音が響いていた。そして時偶、大きな響きを噴いて体全体を揺さ振る。間歇泉の噴出だ。思い余った了作は、欠如意識の慰撫に挑む。

忸怩《じくじ》を振り払って、彼と母親の対面を謀ってみる。だが、結局は、垣越しの睨み合いのみで徒労に終る。その失錯は重く、父子暗黙のうち、心に深く、深く沈潜し、醱酵のままに月日を流す。

不幸にとって、その深刻な体験は、他者の慰撫などでは決して癒されるものではない。それは消し難い、拭い難い不幸として、その人間の実存の奥深くに染み込んでゆく。

19

彼は、その後、小編制で音楽活動しながら、音源製作舎を経て、小劇場、音楽、演劇の運営に携わる。

その拠点は、数年後、東京・渋谷から沖縄・那覇に移る。

そして、十三年を経て、沖縄小劇場閉鎖。

那覇郊外で環境保全型農業を考える。

有機生産グループしまのくんち。

それは、音楽から農業への転換だ。芸術家から農夫への転向だ。文明から自然への転換だ。だけど、それは、転換ではなく探索であり追窮なのだ。小林秀雄は云う「自然から離れるな」いかに生きるかの質問への箴言だ。実に示唆に富んでいる。ルソーにとって、自然とは、たんなる外界、物的自然界ではなく、人間の魂のほんらいの住み家なのだ。人がみな生まれながらにして持っている、あやまたぬ良心、にほかならなかったのだ。

シェリングは、自然のうちから精神が芽生えると強調し、精神のうちに自然が最も深く光り、自然と精神は絶対的に同一である、と主張した。そして、この同一性は、芸術的・知的直観によって把握されるとした。

沖縄の海、山、風に晒されて四半世紀、農夫の知的直観が働いたかどうか、了作、想像するに吝かではないが、農夫との対話は一切なかった。この間、彼の思索、経緯について了作には闇から闇のままだった。揣摩臆測《しまおくそく》のままだった。

代りに彼の妻からの情報は詳細を極めた。

畑の開墾、ハウス栽培の構え、種蒔き、収穫、出荷。スナップ写真付の説明文が目白押しだ。野菜の色彩、葉、茎、実、害虫の形態が手に取るように生々しい。更には、亜熱帯気候、気温、台風と情報報道は微に入り細にわたった。

多事多難に抗う進捗情況のなかで、農夫として、地域、風習とのギャップの論議もみられ、夫と妻の心理描写まで加わっていた。

沖縄から遥か本土への便りだ。

勿論、風土の違いからくる人間の気質の差は著しい。過去の歴史と伝統、経済格差が生む隔たりは大きい。

農夫の孤立感は沖縄生まれの妻が援ける。本質的な孤立、対立に触れた対話、議論は必須だ。思想を交わし哲学に触れる。

妻は、彼とは劇場以来の相棒で気心も知れていた。彼よりも文学、美術への感性は豊かなのだ。夫妻は異色ながらの鴛鴦《おしどり》だ。仲間も増え、やがて有機農業も軌道に乗る。

ところが、好事、魔多し。

妻に、病変が癌に変化した。

突如、癌を宣告された彼女は、初め不条理な運命として、恨み、憎み、拒否するが、次第にやがて、その苛酷な宿命を受容し、承認するようには、なる。

だが、否応なく襲いかかる絶対的事実は、彼女を根底から震駭《しんがい》させる苦悩の化身なのだ。この上なく不当で、許しがたく感受される。なぜ自分がこの憂き目に会うのか、いくら自問しても、理由が分からない。ひたすら苦悶し絶望する。

「畑の隅で何度も泣いた。」と云ってきた。

「自分のことだ、自己を見つめる。」と告げた了作は、己れの酷に、悔恨と祈りの自省に蟠っていた。

暫くして、「初め、辛かったが、自分が撰んだこと、見つめます。」と云ってきた。

その後、彼女からは、日々の闘病日記とともに思索の断片が記されて届いてきた。了作の傍らに溜りだす。

いつしか病状が進むにつれ、農夫である夫も介護から看護生活に専念するようになる。死と向きあって死の問題意識が湧いてくる。その意識にもとづいて、死の医学的様相が初めて、自分自身に関わりあることと会得される。その有り様が容易に手に取るように推察されてくる。

死につつ生きてきて、生きつつ死ぬということだ。この世での存在を喪失し、無への移行行為なのだ。

死とは、ひとつの自己克服だ。ある新たな、より軽やかな存在を獲得させるものであ

る。（ノヴァーリス）

妻は逝った。

20

最愛の人の死は、自己の生の根底を揺り動かし、死ぬほどの思いを痛感させられる。それどころか、死者の魂や言葉が痛切に響いてきて、心の琴線を震わせ魂をゆさぶる。妻を失った夫の真情に、ノヴァーリスの日記の吐露が重なる。

五月十八日（ゾフィー死後六十一日）

ぼくは彼女のためにのみ存在しているのだ。彼女こそ至高の存在——唯一の存在なのだ。どの瞬間にも彼女に値する人間でいられればいいと思う——ぼくのいちばんの課題は——すべてを彼女という観念に関係づけることではないだろうか。

六月十二・十三日（死後八十六・八十七日）
この両日、孤独と間近い死に切に憧れた。
彼女は死んだ――だからぼくも死ぬのだ――世界は寂寞としている。
哲学の研究でさえも、もうぼくの決心を妨げてはならない。深く明るい平静な心で、この身が召される瞬間を待とう。

日記では、ゾフィーのあとを追って死のうとする決意が書かれる一方、彼岸的な生と現世との二つの世界を懸命に生きようとする態度へ変ろうとするあたりで、閉じられている。


妻亡く一年を経て、彼は沖縄を去る決心をする。すべてが彼女と結びつく沖縄を離れ、更なる克己心を養うためだ。

彼にとって二十年振りの本土上陸はいかばかりか、その感懐は知る由もない。長年の沖縄で、多くを経て多くを為した。

最愛の人の死を手に、本州の山と川だ。

逞しさを増した時間の重圧が、了作を煽る。

老いた了作は襟を正して対座する。予てより心構えの末期の言葉を口にする。

先ずは、母なし児の責め苦の元凶としての罪の謝罪だ。取り返しがつかない、万死に値する罪だ。

その上、子供を生む罪、の謝罪だ。

無の涯から涯へ流れる闇から、ひとつの命を生んだ罪だ。深い思索と自覚を欠いた罪だ。

この罪の発言の根拠は、埴谷雄高の「寛大になれない過ちは＝子供を生むこと。」本質の喝破だ。

人間認識の大思想家の豪胆な箴言だ。人類存続への挑戦ととれる。私淑していた了作は衝撃が大きく、謎解きに必死になる。代表作『死霊』は勿論、あらゆる作品を読み漁る。解、は何処にもない。仲間はみな疑心暗鬼だ。彼の盟友吉本隆明との対談でさえも、「僕は四回おろした。弾圧の暴君だ。」で終りだ。

文壇諸氏は終始素知らぬ顔だ。完全に迷宮入りだ。誰でもがして誰でもが云わないところに真理がある、と大思想家の言がある。

求め、探して、疲れ果てた了作は、諦めは心の養生、とばかりに冥土での埴谷氏への直訴しかないと観念した。

そして、或る日、長崎の図書館で了作は偶々『ニーチェ全集』を繙いていた。その頃、ルソーが、自我は、変化と多様性と矛盾にみちている、と断定していると識っての、裏付け作業だった。

ふと、或る章節で目が停まった。

「子供を生むこと」への文章の綾があった。手繰り寄せた文章を並べ興奮した了作は、直ぐ様組み立てた構文に驚いた。

「子供を生むこと」への戒めであり拒絶だった。錯綜した言い回しのなかから汲み上げたエッセンスは「小我を超えて大我につく、然らずば崩壊」だ。

甲斐駒岳

21

雷鳴が轟き黒雲が噴く、ニーチェが了作を甚振《いたぶ》る。「最後の人々・末人」「超人のために没落せよ」、断章が飛び交う。

人間は子供を生み、我執を強め繋いでゆく。自分一個にとらわれた狭い我だ。埴谷の後ろにニーチェが立っている。目から鱗が落ちる。永年蟠る疑念がとけてゆく。見回せば、すべて末人だ。小我に生き、我執に生きている。子供を生んでいる。頂をめざす裸身の群れだ。「人間の山」だ。

「一糸まとわぬたくさんの人間が光に向かっていく姿だ。——彼らは積み重なり、太陽に向かう柱となる。」(エドヴァルド・ムンク)

ムンクの絵が一斉に、地獄絵図に変わる。

阿鼻叫喚、「没落」「落魄」「滅亡」「消滅」「言語が亡び、国が亡び、」と、闇雲に唸り交わしている。親炙の人々の遺した言葉の群れだ。生前、口癖で耳胼胝《みみたこ》だった。

想えば、地獄の季節、季節のうえに死滅する人々から遠く離れて、が若い了作の思索連鎖の端緒だった。

了作、忸怩たる思いで萎縮する。心身の疲弊で気力が萎える。

了作、現つを失う。風のまにまに揺らぐ。

了作が、彼に対する末期の言葉を心に支度してから、かなり経つ。幾度か直しもした。

さすが、死ぬ前の最後の言葉となれば、いささか表情も硬張る。

彼と対座して、恐縮と緊張だ。

言説の経緯を縷々《るる》述べる。禅問答紛いでちぐはぐだ。彼の想像力に縋《すが》る。詰まる所に辿りつく。「小我を超えて大我につくこと。」

終始、黙ったままの彼の口から一言洩れる。「真我、だよね。」

聞いて喫驚、了作色を失う。

まさかの言葉が彼から出た。思索、哲学の言葉には馴染みの薄い性格とばかり思い込んでいたのだ。直ぐ様、彼女と二人の闘病生活、思索生活に思い至って納得し感動した。

思惟思考の成熟に言う事なし、了作は肩の重しを降ろし安堵する。

あとは、是非、弟に真我の言説を了解させてほしいと頼んだ。

折りも折り、突然、半世紀の時間の塊、鉄球が飛込んできた。鉄槌が下った。

その人が顕れた。

永年の父なし児が現われた。唐突で慌てる間もなかった。

了作は心のなかで、ひれ伏した。

御初に遭い、御初の別れ、ダブル・パンチだ。時間知覚が苛烈だ。言葉もなく謝罪した。

見ても見えない、聞いても聞こえない相手の存在だ。宙に浮いたままで実在感がない、すべてが狭間だ。唇だけが働いている。

外見は確かに了作の形状だが、中身は、脱殻だ。緩い縫いぐるみのなかで贖罪の塊だ。

よくぞ育ってくれたと安堵がふと湧いてきた。誰にともなく手を合わせた。

程なく二人は会う。一瞬にして兄と弟になる。二人の時空が密着する。

暫くの後、二人の去って行く背中を見て力が抜けた。

己れの業苦の奥深さ、善と悪との境の闇が襲ってくる。己れの傲岸不遜には呆れるばかりだ。贖罪だけが人生か。

兎も角、生あるうちに謝罪できた悦びだけを噛み締め、気を取り直して、隧道の風を切って、走りだす。

22

隧道のなかは青空だ。

樹間の隙間も青空だ。

山が走り、河が走り、街が走る。

鬱蒼の風頭山に、長崎湾が細く深く浸入している。

隧道は奥へ一直線だ。死の闇の奥へ。

街のなか、駅前広場だ。


ひとりの女性が立っている。手に一輪の花、マイクで訴えている。凛とした知的な風貌だ。約十人ほどが集まってきた。やおら五十人に膨らんだ。プラカードも見える。「性暴力を許すな」「性暴力は犯罪」とある。忽ち百人を超える。

性暴力に抗議するフラワーデモだ。性暴力を巡る訴訟の相次ぐ無罪判決に驚いた人たちの集まりだ。

国連が定めた「国際女性デー」だ。

東京で始まり、一年で全国に広がった。

米国発の性暴力告発キャンペーンを受け、日本でも財務事務官のセクハラ問題や、女性記者の民事訴訟などで、性被害への問題意識が社会に広がったのだ。

各地では長年、性被害や家庭内暴力など女性を取り巻く問題が多過ぎて、枚挙に暇がないほどだ。

長崎市では、女性記者が取材相手の市男性部長から性暴力に遭った。市に謝罪を求めたが受け入れない。そして、驚きは、市議会一般質問のこの問題で「被害者はどっちか」と議員席から男性の声が発せられた。発言者の特定要請を、市は断念と発表した。

これほどの差別発言は忌忌しき事態だ。

ジェンダーに基づく女性への差別は世界各地に根強い。殊に日本は、何世紀にも及ぶ差別と根深い家父長制、封建制、天皇制は、経済や政治制度、企業、文化において男女の間に大きな権力格差をつくり出している。

わが国の男女間の不平等、格差をなくしていくことは大きな課題だ。絶望的といえるが。

従って、性暴力の撲滅は、平和社会構築に必須の条件だ。

現実は、実の娘に対する性的暴力、学校、職場での事件、が社会の至る所で蔓延している。殆ど、静かに、深く、広く拡がっている。まるで性暴力のなかでの生活であり人生である、と云っても過言ではない。これは男と女が分かれて生まれてくることの宿命なのか。

而も、肝心のセクシュアリティ（性現象）教育の育みに遅れがある。

誰もが性に悩み、この問題に取り組むが、俗慮迷信が溢れ、コンプレックスと衝動に取巻かれる。そして男は自我の克己にも欠けてくる。男冥加《おとこみょうが》が男性優位に換ってゆく。男性目線の言動に傾いてゆく。

恐ろしいのは、仕事の中身や人間関係に、男女格差が摩り込まれる〈無意識の偏見〉アンコンシャス・バイアスがあることだ。

了作も、数々、レイプの実情に関った。

その度、行なわれた事柄の底に横たわる意識の流れに受けた衝撃は深い。

闇のなかで我々の真実を握っているのは性なのだから、我々は何者であるか性に問え、とフーコーは云っている。次いで云う。

夥しい性行為があった。しなければならないのは、性的欲望を理解することだ。性的本能の完全な理解は、性行為そのものよりも重要である。と。

23

了作が最初にレイプの実情に接した女性は、仲間の女優Kだ。フランス帰りの気鋭だ。鬱々とした表情で、不慮の災難としての出来事を訥々と語る。仲間の夫がパリ留学中なので了作に善後策を訴えたのだ。

了作思案に尽きる。

元来、男と女の愛欲絡みの事情は、千差万別、当事者以外の接触介入は不当なのだ。

彼女は構わず経緯の詳細を訴える。

加害は、その男の稽古場で起った。男は新進の演出家で話題の人だ。劇団の主宰者だ。

その時、フランス劇、不条理の解釈で意見を闘わせていた。いつしか互いの体の位置が入れ替わり接近していた。次いで抱き締め、組み敷かれていた。抵抗したがレイプされた。

晴天の霹靂だ。

抵抗しきれない自分が情けない。警戒不足が悔しい。自発的性行為でないと信じて欲しい。ただ、意志に反して体の抵抗が止まったことが信じられない。必死に抵抗できた筈だ。死にたい。

了作、言葉もない。

自分を責めるな。人は、強烈な脅威にさらされて、動けなくなる。自然な反応だ。

彼女は、不幸の坩堝のなかだ。

不幸の現実を直視しながらそれまでの幸福を想う。幸福と不幸は離れがたく結びついている。不当で許せない不幸は、胸に迫り割り切れない事実として存在する。取り消せない傷痕は心に刻まれ、苦悩、憂悶の極地に陥る。

不幸は、その人を根底から震撼させる苦悩の化身なのだ。ひたすら、苦悶し、絶望するのは、不幸と苦悩の本質なのだ。

了作、言葉を練る。

彼女の心に寄り添うしかない。

可避、不可避を論じるよりも重要なことは、加害の彼が自分の意識と行動を言葉で現わす事だ。それは日常の変革を志す演劇人の務めだ。行為の弁明、贖罪があるのは当然だ。

　誠意を尽くすならば、その問い質しに応える筈だ。

その言質を取ってから夫に報せるのが賢明だ、と提案した。

日ならずして、彼の言質は「衝動に負けた」だけと知った。負けた自分の存在は認めたが、衝動に就いては一切ない。

24

フーコーは、長い間我々が暗い衝動と感じていたものに、我々の自己同一性を求めるに至った。隠された要素であると同時に意味産出の原理だからだ。言いかえれば、意味としての性、言説である性である。

フーコーの省察は人間主体が性について、いかに思索したか、実践するかを焦点にしている。性行為は、その起源以来、精液の排出をめざす激しい力学として分析されている。それ故、自分を欲望の主体であると認め、自分の存在の真実を欲望のなかに発見できるようにすることだ。

激しい欲望が性行為に駆り立てる動機だ、という考えを拒絶したのはガレノスだ。欲望と快楽は、身体の機構の帰結として、組み込まれたものだと主張する。

フーコーは性的活動の核心、挿入行為について省察する。挿入は、体の交わりの次元にも、社会関係の次元にも、経済関係の次元にも位置づけられる本質的な行為なのだ。

挿入は、性的行為であるばかりでなく、男性が果たす社会的役割の一つなのだ。性現象はすなわち関係であり、性的関係と社会関係は分離できないのだ。

こうして、性現象において、他者との関係および挿入関連の問題から、自己との関係および勃起の問題へと移行する。

アウグスティヌスは、性器の自律的な動きの原理を〈リビドー〉と呼ぶ。それは意志の一部であり、内的構成要素だ。ありきたりの欲望の表明ではなく、意志の結果だ。

魂のさまざまな動きのうち、リビドーからのものを解読し、自己についての不断の研磨が必須なのだ。

自分の魂に気を配り、魂に動揺がなく体に苦痛がないとき、この者は完璧だ、と云ったのはセネカだ。魂のほかには生命の器官は存在しないと皆が知っていて、魂を大切にしない。自分の魂に磨きをかけないでいる。

性器と体液と性行為が構成するのは、人体の働きすべてで、敏感で活動的な発生源だと考えられてきた。

その身体に、分別ある心は、完璧な養生法を定め、錯誤を除去し、心に誤解させる欲望を制御しておく。自分の衝動を静めるよう務める。そして、溜って持て余している精液を排出して心身を軽くする。

「快楽のためではなく、実際にはいかなる喜びも存在しないかのように不快を取り除くためであるのは、明瞭だ。」

ガレノスが、ディオゲネスの公衆の面前での自慰行為から引き出す名高い教訓だ。

この哲学者は、来るように求めておいた娼婦を待ちもしないで、精液を自分自身で放出したのだ。排出にともなう快楽を求めたわけではない。哲学的な教訓の価値と、必要な解決策の価値とを同時にもつ、自然な放出行為なのだ。生理的な排出という厳しい調整だ。

自分を性の主体として認識し、自己への配慮、自己への陶冶だ。

その鍛練、起り得る事態の修練に必要不可欠なのは言説だ。真なる言説、理に適った言説だ。未来に対処するために必要な備えは、言説という備えなのだ。

言説は思想だ。

衝動の言説でフーコーは鋭い。

勃起と挿入は別個だ。別項に揚げよ。

自己と社会、生理と幻想の二重性をもつ、は吉本隆明だ。

了作は、加害者の衝動の言説にこだわる。

そこからは罪の意識に遡れる。知的和解の糸口が望めるかもしれない。少なくも、彼女の克己心に繋がればと思う。

だが、了作の想いは一方的に断たれる。

デートレイプの言葉もあり彼は強硬だ。
やがて、彼女の夫がパリから帰国する。
嫉妬、不満、不信の坩堝《るつぼ》で、俗慮俗事が進行する。了作は関れない。
時経て、二人は気詰りを引摺って渡仏する。
了作には、後味の悪さだけがのこる。
セクシュアリティの必修と、不同意性交は犯罪とする法改正が喫緊の課題なのだ。
女性への性暴力、性被害の根は深い。
性差別構造の根はより深く、より広い。
所嫌わず蔓延している。

25

次のレイプは遠く南の果てだ。
隧道のなかは海、空、光だ。

樹間の隙間も波飛沫、叢雲、煌星だ。

飛沫《しぶき》に曝《さら》し嵐が扱《しご》き、眩しい陽光が煌めく。

亜熱帯だ。

紺碧の海に囲まれた島だ。

断崖に寄せる白波は太平洋だ。

俗世を離れた桃源の境地だ。豊饒の国、文化の国だ。

ここを、了作の提唱する小空間運動の拠点にしたのだ。演者と客が互いの息遣いを感じる交流、つまり演劇、音楽、舞踊の舞台で確かな出会いを求めたのだ。

了作は、マイナー・スペースと名付けた。

この運動は、青森を皮切りに僅か一年で、東北、北陸、関西を中心に三十か所に膨れあがった。了作は、東奔西走その対応に追われた。地元で活動の中心になる人は、ミニコミ誌社、楽器店、地元放送局、市職員、農カフェをそれぞれ生業とする社会活動家だ。

ここは、全国最南端の拠点なのだ。

活動家は島出身の元スチュワーデスだ。容姿端麗の美人だ。広い空を飛び回る華美な職業から古里の社会活動に転じた身上話は怜悧だ。

才色兼備を彷彿させる。

「この島は男性的です。生きていく力強さがあります。島は虐げられてきました。島に帰って感じるのは、自己自身をよく見つめねばならない。自己省察。現実を直視しながら熟慮する。人生への覚悟を定めることです。」

淡々の語り口は心に染みる。

いかに生きるかを示唆している。身近な哲理だ。遠い南の果てで、掃溜めに鶴、ならぬ女プラトンだ。現実世界を理想世界に近づけようとする。プラトン主義に及ばずとも、ヒューマニズム、実存主義の片鱗だ。

腹の据わった女性だと、了作、舌を巻く。

思索の余韻芬々で、翌日の演奏会の課題に取り組む。

津軽三味線演奏、高橋竹山だ。

北の果ての青森空港から遥々、島の滑走路に着いたのだ。日頃、果てと果て同士頑張る、が信条の人、北から南、果てから果ての空の旅だった。

その夜、浜辺の小学校、体育館は騒めきで溢れた。島民の悉《ことごと》くが集まった。

一瞬の静寂、一条の光が降りる。盲目の老楽士が浮かびあがる。竹山だ。五分刈り坊主頭、仏像そのままの彫り深い顔、紋付羽織袴、手に津軽三味線だ。

唇が軋み弦が弾ける。腹に響く太棹の乾いた音が場内すべてを埋め尽くす。津軽よされ節の前触れだ。津軽の吹雪の音だ。風は小刻みに啜り泣き、すぐ様、烈しく響き、鳴き渡る。

息づくような旋律は、生き越えてきた苦しみ、喜びのさまざまを、噛み砕く。その唸りは、津軽じょんから、津軽あいや、津軽山唄……と息もつかせず連なっていく。南の果ての場内に、雪で凍てつく厳寒と北海の波飛沫が満ち満てくる。

気がつくと雪が降っている。

了作、幻術に惑い現つを失う。

音楽すべての源をみる。音楽と社会の結び目に潜む力だ。

演奏が終り拍手鳴り止まず、竹山の姿が消えても、誰も立ち上がろうとしない。

立ち去り難い女プラトンが、納得尽くのしたり顔で会場を後にする。残った学校長と了作は、顔を見合せ微笑み交わす。

彼女の後ろ姿が遠退いたとき、彼から衝撃の顛末がでた。

一昨年夏、島で、彼女がレイプされた。暴力的だった。男は反社会的団体の人だ。

噂は島をかけめぐった。彼女に取り憑いた性被害は、職場の航空会社本店にまで拡がる。周囲の言動で更に傷つくセカンドレイプでも責められた。

スチュワーデスは女性憧れの職業だ。彼女は、そのなかを選ばれて勝ち取る力を鍛えていた。衣食住の生活基盤を整え、自分なりの生き甲斐に基づいて生活し、さまざまに耐え懸命に歩いていた。

その充足意識を、突如襲った不幸だ。不可抗力で怨み深い事故だ。深刻な災難としての悪夢だ。

だが、女プラトンは毅然としている。

海洋特有の、些細に拘泥しない、気魄のこもる人柄だ。苦難に立ち向かう知力と胆力を培っていた。

不幸な意識の根底には、必ず正義の問題意識が内在する。それは、この世に存在するものの間に、正しい対応や釣り合い、適正な均衡性、妥当性、順当性が成立しているか否か、の問題意識だ。

即ち、不幸と苦難の存在は、この世に正義が実現されていない証拠なのだ。けれども、正義の実現、正義の所有は誰なのか、という難問は解決不可能な問いであり、根源的な疑問として残り続ける。

然し、おそらく、現代では、それぞれの人が、人格の核心で、存在秩序の正義の確信を胸中深く抱いていると云えるのだ。そして、それは絶対に譲れない信条として、人が生きる最終根拠にさえなっているのだ。

従って、それらの確信相互の間の討議と合意形成は難渋する。自らの正義の思想の極度の固執が障害になるのだ。

26

救いのない果てしない討議は人類の課題となり、格闘が起り、終りのない争いが続く。その意味でも、人間の存在は不幸であり、確信相互の衝突は人間の宿命となる。格闘することなしに、人生の実りは結ばないというのが、この世の鉄則なのだ。

格闘する女プラトン。

強靱な精神力だ。

大空の華から島守の華に。

搭乗接待から島民の生活保護、指導に当たっている。

傷つき、苦しみながらも、立派に生きる務めを果たそうとしている。

世俗では無視されやすい人生の根本問題を、人間生存の根底を掘り下げて、誠実に見つめ直そうとする精神的な営みだ。
了作は、多くを学び多くを識った。
親しみやすい言葉で話す叡知は、聞きながらヴァージニア・ウルフのそれを彷彿とさせていた。英国の女性作家だ。九十年ほど前に述べていた。

男性にとって生れつき人類の半分が自分より劣っていると感じることができたら、それは大きな自信になり、力の根源になる。それは、とてつもなく重大な意味を持つ。で、男は自分の優越性がいつも気懸かりなのだ。

過去何世紀もの間、女性は、男性の姿を二倍にして映しだす魔法の鏡として役立ってきた。その力がなければ、たぶん地球はまだ沼地とジャングルのままでしょう。数々の栄光ある戦争の遂行もなかったでしょう。

詰り、女性が真実を語りだせば、鏡に映る男性の姿は小さくなり、人生に立ち向かう力が弱くなる。鏡に映るイメージこそが活力であり、そのイメージなしでは、コカインを断たれた麻薬中毒者のように死んでしまうでしょう。

各人の中には、二つの力、即ち男性の力と女性の力が備わっている。男性の頭脳では男性が女性より優勢で、女性の頭脳では女性が男性より優勢です。通常の安定状態は両者が調和をなしていて、精神的に協力し合っている状態です。

詩人コールリッジは〈偉大な精神は両性具有である〉と述べている。両性具有の精神はよく共鳴し、滲み通り、感情を伝達する。本来創造的で、白熱光を発し、分裂していない。

実際、シェイクスピアの精神は、両性具有的で、男性であって女らしい精神のタイプでした。

けれど、性別を別々に考えないことが、成熟した精神の証だとしたら、現代ほどこの状態に到達しにくい時代はありません。執拗なくらい性別を意識させられる時代です。

『自分だけの部屋』には、含蓄に富む文章がさまざまに主張している。

そして、英国の家父長制社会が、女性を弱者、劣者として位置づけたと痛烈に弾劾している。

本年、国際女性デーに国連事務総長が寄せたメッセージでも「何世紀にも及ぶ差別と根強い家父長制は、経済や政治制度、企業、文化においても男女間に大きな権力格差をつくり出している」と指摘。「女性に対する暴力という疫病の撲滅や解決の際の障壁となっている」とした。

長いこと疑問に思っていたことの根っこにあった事実はこれだった。男性の優越感。性被害、性暴力の世界的蔓延の根源だ。ウルフが見事に暴きだし、露呈させた力業のリアリティだ。

この感覚への絶対的信頼、認識の方法の起源にあったのは、存在への知覚だ。大部分が〈綿のような〉非存在の日常生活のうしろに隠れた敵の一撃、それは、ある啓示、リアルな徴だ。〈存在の瞬間〉の知覚だ。

その〈存在の瞬間〉に伴う大きなショックをウルフは幼年時代から三つあげている。兄と取っ組みあいで、拳をふり上げたとき、「なぜ傷つけるの」の疑問で、手を下ろし、打たれるままに絶望に沈んだ。次は、花壇の一本の花に、突然、宇宙を見、全体を悟った。そして、自殺した知人の翳が林檎の木に映り、幹を見上げたまま、恐怖の穴にひきずりこまれ、逃げられず硬直してしまっていた。

27

この「存在の瞬間」の追求がウルフ文学の核である。次の日記に顕著だ。

……私の窓から向こうに見えた、水の茫漠たるひろがりの中の魚を網でとらえたと言いたい。

日常が、綿のような大部分と、ヴィジョンの瞬間とで成り立っているなら、作家が後者のみを追求するとき、その作品から人生は逃げてしまう。ウルフは記している。

真の小説家なら、存在と非存在の二つともをともかく表現できましょう。ジェイン・オースティンはそれができたと思います。多分、サッカレイもディケンズもトルストイもそうだと言えましょう。私にはこの両者を捉えることができませんでした。やってはみたのですが……。

（過去のスケッチ）

精神を忘れて肉体のみにかかずらわり、人生を取り逃がしたとすれば、肉体を忘れて精神のみにかかずらわることにも、同じ危険が潜んでいる。

ウルフにはこのことが痛いほどわかっていた。

存在の特質と躁鬱質の関わりは不明だが、ウルフは、病変はなく人格の崩壊もない。病感が強く、病識を持ち神経症の病型だ。

誰だってひどく昂奮したあとは、ひどく憂うつになるものでしょう、と夫レナードは語っていた。だが、ウルフには幻覚や妄想や緊張病性症状がたくさんあらわれていた。

春まだ浅い陽。

ウルフはいつものように庭の小屋に行き、しばらくそこにいて、ウーズ川まで半マイル歩き、毛皮のコートのポケットに大きな石を詰め込み、水中に身を投げた。彼女は泳げたが、強いて溺れるよう務めた。恐ろしい死であったに違いない。

三週間後、遺体は子供たちに発見された。彼女が身を沈めた場所からさほど遠くない橋近くに打ち上げられた。流木のようだったという。

遺書を残した。

火曜日
最愛の人へ。私は狂っていくのをはっきりと感じます。……だから最良と思えることをするのです。……私はこれ以上戦えません。……（中略）……何もかも薄れてゆくけど、善良なあなたのことは忘れません。あなたの人生をこれ以上邪魔しつづけることはできないから。
私たちほど幸せな二人はいなかった。

了作は、直ぐ様、オフィーリアの水に浮んだ魅惑を想った。「もし、シェイクスピアに妹がいたなら……」と散々創造し論考していたウルフだったからだ。

忽ちノヴァーリスの断章が響く、「死とはひとつの自己克服である。あらゆる自己超克と同じく、ある新たな、より軽やかな存在を獲得させるものである。」

ウルフは、自己陶冶の達人なのだ。

人生は、まるで深淵の上にかけられた小さな鋪道の一片のようだ。下をのぞくとくらくらと目まいがする。と、生活実感に結びつけながら揺るぎない思想を追求、展開して芸術作品にしたウルフだ。

その言霊で金縛りの了作だ。

延びる隧道の風のなかにも響く。

長崎は、いつも大海原に鎮まっている。

風と海、虚空のなかだ。

魂の歴史が刻々だ。

風頭山が聳え、坂本竜馬像が旗を振る。


幾百もの墓石が段々に摺り鉢状で天に迫る。登り降りする石段の両側の墓石は苔生している。刻まれた年号は寛永、元禄、安永、天明、文化、天保、嘉永、安政と読める。

江戸前期、中期、後期のものだ。文字をなぞっていると背筋が寒くなる。

五百二十九の石段を駈け降る。途中の墓石の年号が明治、大正、昭和に変る。降りながら時間の歴史が重い。四百年の時の束だ。三百年、二百年、百年と束の層を掻き分け掻き分け一気に降る。天明の飢饉も、安政の大獄も、鎖国も維新も、肩に背負って跳んで降る。四百年の歴史の重石を引摺り降ろす。全身汗塗れだ。歴史の澱みが汗腺から噴きだし、塒《とぐろ》を巻く。

目眩く数の墓石の丘は、死者の丘だ。

そこに隣接するのは生者の丘だ。人間の丘と喚ばれ、生活する人の家々が建て続け建て連ね頂を挙げる。

幾千人もの生活が傾斜地に寄り集まる。街は栄え、歓楽街は、さざめきわたる。

ウルフの言霊がけたたましい。

数多の老若男女の略半数は男だ。

人類の半数は生れつき自分より劣っていると感じている。男性の優越性は、女性の劣等性と表裏の関係だ。


多種多様な女性がいます。勇敢な女性も卑小な女性も、華麗な女性も小汚い女性も、途方もなく美しい女性も極端なまでに醜い女性もいます。男性と同じように偉大です。しかしそれは文学の中の女性です。実際は、女性は、閉じ込められ打ち据えられ、部屋中引きずり回されていたのでした。

……（中略）……

文学においてもっとも高揚した言葉、もっとも深遠な思想が女性の唇から語られている、というのに、実人生においては読み書きもままならず、夫の所有物となっていたのでした。

（自分ひとりの部屋）

女性は専ら男性に保護される存在から男性に奉仕する存在として、家父長制社会の一翼を担わされてきた、と強《したた》かに主張している。

次いで、女性全体の共有の〈生命〉の継承が、いつか理想の〈女性詩人〉に届くと信じ、『自分ひとりの部屋』の末尾で呼びかける。

シェクスピアの妹は、若くして死にました。埋葬されました。わたしの信念はこうです。埋葬されたこの詩人は、いまなお生きています。みなさんの内部に、わたしの内部に、他の数多くの女性たちの内部に、生きています。ともかく彼女は生きています。というのも、優れた詩人というものは死なないのです。いつまでも現前し続け、チャンスを得て生身の人間となり、わたしたちとともに歩むときを待っています。

……（中略）……

もし各々が自由を習慣とし、考えをそのまま書き表す勇気を持つことができたなら――

……（中略）……

そうすればチャンスは到来し、シェクスピアの妹であった死せる詩人は、いままで何度も捨ててきた肉体をまとうでしょう。兄ウィリアムがすでにそうしているように、知られざる先輩たちの生から自分の生を引き出して、蘇るでしょう。

二百余年前、ノヴァーリスの鋭く深い知性が述べている。

人間は、ありし日の姿が想起されることによってのみ、観念のなかにおいて生き、作用をおよぼしつづける。この世で霊が作用をおよぼす手だては、いまのところこれしかない。それゆえ、亡き人を偲ぶことは、生者の務めなのだ。それが亡き人たちとの交わりを保つ唯一の道である。（花粉）

ウルフの言霊は了作を揺さ振り、憑りつく。その死に物狂いの感性は凄い。多くの「女性家」を語りながら、彼女たちの受難の歴史を辿っている。それが、どれほど辛く、憤りに耐えないものであるか、と。
隧道のなかにウルフが響く。
言霊の連鎖を引き摺り了作を煽る。

男性優越、性差跳梁、性的虐待、女性屈辱。
半数の優越が半数の劣性を侵襲する。
性暴力が渦を捲く。
隧の樹の隙からは性犯罪のオンパレード。
炎、燃え立ち山焼けだ。
凌辱の標旗が隧のなかに充ちてくる。
川沿の空地に高札が立つ。
人集《ひとだか》りがしている。

28

高札は、古くから、罪人、罪状を記し人目をひく所に高くかかげた板札だ。
長崎市部長から性暴力を受けた女性記者の訴訟を巡る公表だ。前回三月の高札には、
やじ発言者特定を市議会が再び断念、とあった。

この度は、それに関連して、被害者の弁護団と新聞労連が市議会全四十議員のアンケート結果の公表だ。市議会がやじの発言者の特定を断念したことについて、十七人が「正当」と回答したのだ。やじを支持する、女性も悪い、と主張する声もあった、という。なんということだ。

性暴力を巡って、市長、議員らが不問に付し水に流すと宣言したのだ。暴言「どっちが被害者だ」に加担は明らかだ。隠れなき悪業の猛火だ。世界にさらした長崎市の醜態だ。

了作は驚き呆れて言葉もない。黒雲が湧き風が起る、黒い靄が厚くなる。靄は煌めく風光を蔽い、鮮やかな人情を蔽う。了作の愛した長崎の思念が消える。半世紀の時間が消える。他に先駆け花開く人知が消える。真情が培う人情味が消える。正月核廃絶坐込み、本島等市長銃撃、坂本竜馬像の旗、ランタン祭、おくんち、が了作の脳から緩り緩りと消えて行く。

了作、怖気立ち現つを失う。

ウルフの声がする。

「女性の精神と道徳と身体は男性より劣る、の著者は、私のスケッチではたいへん怒りっぽく醜く描きました。

女性には魂があるか、ないか。ないという未開人たちもいれば、女性を崇める未開人もいました。男性と比べて浅薄な頭脳だと考える賢人もいますが、男性より意識が奥深いと考える賢人もいます。」

「ゲーテは女性を尊敬し、ムッソリーニは軽蔑していました。」

高札の板札が風に鳴りウルフを吹き消す。

見渡すと高札の林だ。夥しい数だ。


古くからの高札の場だ。

それぞれが風に揺れる。

沈黙の虚空にむかって立つ。

黙って訴えてる。

怨み辛みの数々を風が一つ一つ集めてる。

立札の間を縫って嵐が運ぶ。

束にして迫ってくる。

先頭の板札を読む。

岐阜の会社員の告発だ。

「昨年夏、職場の上司から合意のない性行為を強いられました。行為は、職場の事務所と自宅でした。上司だったため断れませんでした。泣き寝入りを自分に言い聞かせました。自分を責めました。友人、別の女上司に打ち明けても無駄でした。怒り、涙でした。今年一月、心的外傷後ストレス障害の診断を受けました。信じられずも、周りから「あなたのせいじゃない」と言われるうち、そう思えるようになりました。暴行した上司は会社を辞めさせられました。

性犯罪の加害者意識は低い。万引きは犯罪と知ってるように、性犯罪も同じ認識をもってほしいです。」

次の板札は神戸市三十代女性だ。

「数年前、男性上司から性暴力を受けた。飲み会でお酒を強要されて意識を失い、気がつくと一緒に自宅の寝室にいた。警察に被害届を出すと、目撃者がおらず捜査は難しい、と言われ、自ら周囲の証言を集めた。男性は強姦容疑で逮捕されたが、合意があった、と主張し不起訴になった。

心的外傷後ストレス障害と診断された。

男性に損害賠償を求め提訴した後、辛さを共有してくれる人を求め、デモに参加した。その後の裁判では傍聴席に入りきらない人たちが法廷に詰めかけた。

年明けに、私の主張を受け入れた和解で裁判が終結しました。この辛さを経験する人が現れないことを祈ります。」

次々に立ち並ぶ板札は風に騒ぎ喧しい。異口同音に性暴力、心的外傷を喚く。心的外傷は、精神的被害を指す言葉だ。

十九世紀、鉄道の大量死がきっかけで、戦争、災害の大きな不幸でつかわれた。日本でも、敗戦、原爆で膨大な死者の数だが、生き残りの戦後処理のなかでは、精神的障害について語るのはタブー化されてきた。

それに、戦勝国アメリカによる被害は語れないという理由から加害・被害の奇妙な転倒を生み、加害を見えなくし、敗戦の心的被害は隠蔽されたままになった。

そして、遅まきながら九五年の阪神淡路大震災によって注目されるようになった。

性暴力は、きわめて個人的行為に見えるが、その基本には異性に対する侵襲性、人格無視の構造がある。これは、民族、社会、国家の観念に通じている。異性を人間として扱わず性的対象としてのみ扱うことになる。

それ故、ウルフが家父長制に原因を求め、痛烈に弾劾したのだ。

また、国家、社会の基本単位は家族であり個人である。家族も国家も、永く、その基底において、女性を性的支配、時に所有することで成り立ってきた。

家族という閉ざされた空間で起きる性的虐待は痴漢と構造的に同じだ。そして、両者の数の膨大さは筆舌に尽くしがたい。

東京の女性からの板札だ。

「実父から性暴力を受けてきて、ずっと死にたいと思ってきた。こんなことを人に話したら、本当に死んでしまうかもしれないと恐怖を感じていました。

自分の言葉を信じて聞いてくれる人がいるとわかって、不思議、次の日から、死にたい、という気持ちが消えました。」

家庭内での妻や子どもへの性暴力が余りにも多い実態が浮き彫りになっている。

家庭は生殖の場である、と社会学の定義がある。そこには夥しい性行為がある。性的欲望、性的本能の完璧な理解が重要になる。

が、現実は夫婦間性暴力が夥しい。

兵庫県、女性の板札だ。

「拒否すると暴力を振るう。怒鳴る。ノーと言えばますますひどくなるので、じっと耐えている。刑法改正にあたり、同意のない性行為は、配偶者間であっても性犯罪であると明記されることを強く望みます。」

妻の連れ子に性的行為だ。

福岡県在住の三十代の男が、妻の連れ子、十二才の娘に猥褻行為を繰り返していた。女児の部屋に監視カメラを設置し虐待を重ねた。

福岡地裁は、家庭内という逃げ場のない環境で、未熟な児童に常習的犯行を加え生育への悪影響が懸念される、として懲役三年、執行猶予四年を言い渡した。

長崎県内では、内縁の妻の娘二人（十四才と十五才）と性交したとして四十代の男が、長崎地裁で懲役九年の判決があった。

男側が、被害者の供述は信用できないと主張、性交を否定した。裁判長は被害者の供述は信用できると判断。二人が「母親に助けを求めたら殺される」と考えていたことなどに触れ、本来信頼を寄せるべき者に性的自由を侵害された精神的苦痛は非常に大きい、と述べている。

魂の殺人、とも呼ばれる性犯罪は、当然のように弱い立場の者に蔓延する。障害者、認知症、幼年だ。

「障害者ならばれない」と、知的障害者三人を狙い、体を触り裸の写真を撮るなど猥褻な行為で逮捕され収監されたのは、長崎在住、五十代の男だ。

男は、最初の犯行は十一年前と告白した。裁判で罪に問われているのは七年前から昨年末までの事件だ。

「自分は強姦目的ではない。撮った写真、動画は観賞用だ。数日後には新しいものが撮りたくなる。誰も持っていない写真、動画を自分が持っていることへの優越感、満足感が欲しかった」と、逮捕時、収集した画像、動画を二百点近く保管していた。

性暴力被害撲滅への取り組みの組織では、「被害傾向は〈施設職員と利用者〉〈教員と生徒〉などの上下関係に基づく被害が多いと推測されるが、傾向全体はわからない」。

その統計がない状況こそが、障害者への性犯罪を取り巻く実態の厳しさを物語っている。

この犯罪は、潜在化する傾向が強いのだ。

底の方から嗚咽が漏れる。

二つの音波が重なり唸る。

連なり、悲鳴に似てくる。

阿鼻叫喚。

すべて男の仕業だ。

了作、身の置き所もない。

居た堪れなくて宙を跳ぶ、逃げる。

札板が揺れ響き、群れてくる。

連なって像を結ぶ。
列島そっくりに擬える。
列島そっくり札板だけだ。高札の山積みだ。
覆いを剥がすと悲嘆の叫び。
も一枚剥がすと虐待、凌辱の有り様だ。
幻聴、幻視が次々襲う。
男の性に生まれてしまった宿業か。
肌に粟、沈痛が走る。

29

了作は走る、隧を走る。
性暴力、性虐待の氾濫のなかを走る。
「すべては性欲で始まる」「全て性欲」巷間の俗説は喧しい。

少年は、性欲の芽吹きと拡がりを考えられなかった。情報は蔓延し、言説化はなく、変らずの抑圧、隠蔽だらけの性現象。性犯罪の多発だった。

現象現場に引き摺り込まれ揉みくただった。

記憶は鮮明だ。

過剰想起は了作を捉えて離さない。

隧のなかまで追ってくる。

性行為統御の重視は古代ギリシャ、性の快楽と強化への関心は中国、欲望とその根絶の企てはキリスト教で、快楽は排除されているという。

日本では中国に肖《あやか》って、特殊社会に性愛の秘伝伝授の伝統が存在していたのだ。

特殊というのは芸能界のことだ。

了作は、当時、新劇グループを主宰し、団員の演技力向上に腐心していた。そのカリキュラムを盗み取るため映画の新人スター養成所に、合格、入所していた。

連日、昼は芸能百般を習練し、夜には了作の稽古場で、全員をタイツ姿で、昼そっくりを指導していた。

了作の記憶が鮮明に甦る。

昼は必ず芸能養成所にいた。

そこで、不思議な男に出会った。

小柄ながら存在感があった。有名な脇役スターに瓜二つ、小型判。次期スター確実だ。その男、対話の最中に股間の膨らみを手で撫で回すのだ。優しく緩り、繰り返し、時折、膨らみを確かめる。

傍らの人々は話を逸らし平静を装う。

了作は一度戒めたが無駄に終った。人柄もよく、妻帯だが、女色啄み激しかった。猥談は広く深く、リアル過剰で鼻白ませた。

情事に関するスキャンダルは疎か、想像を絶する性愛、性技追求の話題は、そのまま猟奇趣味に接近する深追いだ。

想像を絶する深淵な展開に信じがたく、了作の心は茫然だ。

も一人も、芸能志望者。

水も滴る好い男、惚れ惚れする。若き丸山明宏の再来だ。映画スター間違いない。

了作の懸念は、何処か柔弱、何処か無気力。美の鋳像の撹乱。脆さを払拭できないのだ。

親しんで近寄り謎が解けた。肺疾患で余命未定なのだ。治療で肌に艶気なく、消化力に不安。短期決戦の人生航路だ。

ナイトクラブの支配人でパトロン二人を両天秤だ。金と女に囲まれた美青年。性暴力、性虐待の交錯を取り捌く強者だ。

自暴自棄ながらの映画スターへ挑戦、命を削っての自己実現なのだ。

未知の次元の煌めきで目眩く。

男と女の情愛の暴きは鋭く、次々と著名な名前が並び出て、息をつく暇もない程だ。

多くは、女優と監督の噂だが、なにしろ本人たちの思い、打明け、対話の表現が肉声に近く、説得力に富む。

忽ち、芸能関係の愛の相関図が出来上がる。

そのなかで、独擅場的に話題の注目は、時の人、畔倉織夫の行動だ。

梨園の人、歌舞伎役者で人気スターだ。

彼の花街での乱行振りは、その筋で夙《つと》に知られてはいた。だが改めて若大将の行為を聞いては驚くばかりだ。女性遊蕩は女形芸研鑽の為とばかりは言い切れない。

確かに、歌舞伎は巫女だった出雲の阿国が作ったもので、演者は女役者から少年の若衆歌舞伎へ、更に大人の男性による野郎歌舞伎へ変遷した。現在、男性が女性を演じる女形芸も確立され、続いている。

芸の研鑽としても別格だ。

芸妓への性愛、性技の要求は扨措《さてお》き、さまざまな下着姿のアダルト・プレー、自慰行為、官能姿態の強要だ。本番（挿入）以外の多様な性的行為を、きっちりした技と熟練で次々だ。

鮮やかな性技の連続技を、男の参加で表現する。エロティック、グロテスクの混交で猟奇趣味が溢れ出る。芸の肥やしとは言い《い》条《じょう》、妖しく異様な絢爛の世界だ。

美男の講釈師が魅惑する。

了作は猥談を超えた猥談に嵌まる。

多くを聞き多くを考える。

「芸能の根元て何なんだろう、虚しいな」

「ポルノの人たちも探してるよ、誘いにくる」

謎めいた言葉を耳に遺して別れたままだ。その後、冥界の魂の筈だ。多分、派手に短く、鮮やかに命を全うしたのだ。

彼の最後の言葉は、永く了作の脳裏に焼きついて離れなかった。了作の頭のなかの何を読み取り何を念って示唆したのか。

畔倉織夫ひとりの個人技の乱行とは到底思えない。当然ながら、先達から引き継いで後継に伝える荒技なのだ。すべての芸事、すべての芸能に通底する因業の象徴なのだ。

それから十年の歳月が経つ。

了作が、彼の鋭い確言に思い当る。

病む人の急込む口調が懐かしい。吐く息の震えまでが耳にくる。

内心忸怩たるものがある。

30

学生時、了作は詩と音楽の融合を念った。

詩の朗読という劇的行為こそが、社会変革を促すパワーだとした。以後、喋る詩、歌う詩、演ずる詩と称して詩の朗読を「流し」て歩いた。都内の喫茶店、酒場での朗読を試みてはいたが、自分たちの恒常的小空間を熱望していた。そして手にしたのが、ジァンジァンだった。

時恰も、安保闘争を皮切りに、大学紛争は各地に拡がっていった。そして東大安田講堂陥落以後、急速に体制側に取り込まれ、馴らされていく趨勢に傾いた。

そして、政治の季節は終り、サブ・カルチャーの季節が来る。既成の支配的文化ではなく価値基準が変る。

了作は、アンダーグラウンド文化のはじまりとして、規模小さく独特の文化の発信を企んでいた。演劇、音楽、舞踊等の多彩な舞台で、演者と観客の確かな触れ合いを狙っていたのだ。

まるで血判で誓約の朋輩のようだ。

病む人の確言の反芻はやむことはなかった。

演劇と社会の結び合いのなかに潜む力の表出に了作は必死だった。芸能の根元への省察は必須になっていた。

その折、見知らぬ編集者が二人訪ねてきた。弱小出版社と名乗った。

訝る了作に行き成り、ポルノグラフィーの話を切りだした。

ポルノグラフィーはもとギリシャ語で娼婦の意味だ。フランス語の略ポルノは、性的興味をそそるような描写を主とした文学、書画、写真、映画の類のことだ。

彼等は文学の出版に行詰まり、起死回生策として、ポルノ文学朗読発売を企画、その制作を依頼に来たのだ。

唐突な了作への依頼には、納得できる充分な理由があった。

前年、了作は文学の録音テープを制作した。教科書出版社に、国語教科書の朗読を収録、教材に使用することを提案、制作したのだ。

実力派俳優の起用もあって内容充実し、評判も良く、次年度には後れて、複数のライバル出版社も類似の教材を制作、話題になった。

途中、制作中断の危機もあった。

当時、究極目標の教科書採択のための情宣経費、担当教師への実弾（現金供与）の減額は採択活動に支障をきたすと再考を促された。

一頓挫、遷延策をとった。

了作の認識不足だ。

採択の成就には、教師への接待から勧誘への囲い込みが必須の条件だ。業界の慣行だ。その為の周到な作為と戦略が欠かせないのだ。

了作は思案する。

だが一人の課長の情熱がそれを救った。朴訥な口調の彼の信念で了作は遷延を撤回した。

彼の口調なしでは録音テープの存在はなく、先駆けての開発はなかった、と了作は肝に銘じている。

その後の文学テープの氾濫で、了作転た今昔《うた》の感に堪えない。

それにしても文学ポルノの発想には驚いた。

文学好きの了作に頷けず、断った。

痩身で若い男が膝を乗り出した。真剣な顔だ。

今、日本の性産業の発展は目覚しい。この産業を代表するのがポルノ写真、ポルノビデオです。

これからは、ポルノビデオが一気に制作され、蔓延し、デッキの普及で家庭にまで入ります。男性は勿論、妻や子まで触れるようになります。殆ど低俗で卑猥な作品です。良質で文芸的なものは皆無です。文学ポルノで性産業に先鞭をつけ、革命をおこしたいのです。流れを換え、卑猥崩れを防ぎたいのです。

強ち《あなが》、誇大妄想と言い切れない。革命と聞いては捨て置けない。取出した膨大な資料に、了作は唸った。

製作者、販売者リストは勿論、購入者の細かい分布図、日時、部数、本数までぎっしり完膚なきまでの徹底だ。感想のアンケートもある。その筋の会社、組織、警察の丸秘データまで揃っている。

さすが、変革に乗り出す決意と戦略が確り《しっか》と見えてくる。了作、兜を脱ぐ、ポルノ崩壊を改革する戦士の気配が漂ってきた。

了作は後先見ずに制作を引き受けていた。

それが、了作のポルノ探索のとば口だとは、その時は未だ気づかなかった。

了作は、ロレンス著「チャタレイ夫人の恋人」、サド著「悪徳の栄え」、ボッカッチョ著「デカメロン」の三作品をとりあげた。

「チャタレイ夫人の恋人」は、英国貴族の若い奥方が、領地の森の管理人と肉体的な関係を持つ話で、その肉体的交渉が赤裸々に語られている。現代の愛への強い不信と魂の真の解放を描いた作品だ。

この翻訳本は忽ちベストセラーとなり、発禁処分となる。文芸卑猥裁判事件として、卑猥とはなにかが問われたチャタレイ判決だった。

「悪徳の栄え」は、チャタレイ判決の三年後、警視庁に押収された。

物語は、幼い頃修道院に預けられたジュリエットが、淫蕩な尼僧院長や強欲な淫売屋の女主人たちの指導を得て、次第に悪徳の道に深入りし、徐々に悪女として大きく成長をとげて行く。

悪の化身ジュリエットの生涯に託して、悪徳と性の幻想が繰り広げられる暗黒の思想家サドの傑作だ。

「デカメロン」はギリシャ語で「十日間」の意味だ。

中世、フィレンツェでペスト病が発生、寺院に避難した四人の男女が、退屈凌ぎに、一日にひとりが、ひとつの話をして、十話が話され、十日間で百の物語が話された。内容は、恋愛、復讐、背徳、風刺、愚行、奇行、冒険で人間性を追求。多彩な短篇集の集大成だ。近代文学の先駆的作品といわれている。好色本の世評もある。

殊に、言葉の持つ響きの良さに配慮がある。

聞くものに力強い効果をあげるため、語彙の選択に苦心し、いちいち読んで聞かせては作品を完成させた。

語り手が、人に聞かせるように作られた作品だ。

収録の語り手は小沢昭一にきめた。

語り成しでは、台本に散々の駄目出しで揉めに揉めた。だが、小沢風ポルノアドリブで決着をみる。遂に三本のカセットテープができあがる。

とにかく、一流の文学が文学ポルノとして日の目を見た。何とも奇態な作品だ。了作は面映ゆく照れ臭い。

収録作業の合間小間、痩せ男の持説が凄く、了作耳を疑った。目から鱗が落ちる様だ。

大判のべた焼きポルノを前にして、購入者リストは全国津々浦々を網羅している。職業別では教師が多い。なかでも、保健体育、中学二年担任が目を引く。グループ、リピートも窺える。何故だ。まさか、授業の参考資料か。

真面目腐った物言いで、痩せ男は勇む。

べた焼き写真各葉の講釈は滑らかだ。男と女の絡みのポーズは千変万化、変幻自在の見せかけの姿態だ。アクロバットに近づいて、吐き気をもよおす。

了作の講釈停止の仕種には、痩せ男が怪訝な顔だ。

了作は、いつしか霊場恐山を想っていた。

闇のなかの地獄巡りだ。硫黄の臭いが岩場に立ちこめている。細い順路に、愛欲地獄、無限地獄、金堀り地獄、賭博地獄など、地獄に見立てた設《しつら》えが点在する。

二重写しで、菩提寺の地獄絵が迫ってくる。全裸の男女が罪の呵責にあっている。

「人生のあらゆる出来事は性欲に依拠する」

訳知り顔の痩せ男はとまらない。

次に家庭の写真だ。

男と妻と息子の団居だ。

ポルノ写真は浮世絵風だ。歌磨や広重のスタイルだ。美人風俗だが男女の秘戯もある。隠語では上物だ。

夫から妻の誘導は容易だ。息子は隠し場を探知する。上物から並物に転換は迅《はや》い。

かくして、家庭にポルノが誘《そし》られなく潜む。

職場から家庭からポルノ軍勢が潜入し国を制圧しているのだ。

ロレンスが述べている。

夥しい性的行為があった、……現在、我々がしなければならないのは、性的欲望を理解することだ。今日では、性的本能の完全な理解は、性行為そのものよりも重要である、と。

真理はセクシュアリティにこそ宿る、はまさにフーコーの図式だ。

了作は、考え込む。

痩せ男が、したり顔で了作を窺っている。上物の優雅さは、心は体の誘惑によって引きずられない、知の余韻がある。文芸、芸能の根源探索に必須の要因なのだ。伝統の美意識の流れに棹さすことだ。

了作は痩せ男に煽られて、〈性現象〉という認識領域に入り込む事になる。

性的なものは、性器的なものよりははるかに、広汎かつ根源的だ。それは生物学の対象であるよりは、歴史である性であり、意味としての性、言説である性、我々自身なのだ。

31

了作は、永い歴史を経た伝統芸能の検証に挑むことになる。芸能百般の舞台が小劇場に展開し続け、多くの人たちの親炙に浴した。

能の観世寿夫、秀夫兄弟は印象深い。寿夫のフランス文化交じりの知性は当代屈指の思想家だ。新劇の漆喰背広の死者の姿には舌を巻いた。秀夫の演出力は秀逸で、凡才、凡百を堅めて見事にする魔術師だ。

狂言の野村万之丞、万作兄弟も伝統は言わずもがな、多分野で意表の表現で話題を攫う。

伝統舞踊の日舞は華やかで、花柳だけで十を超える流派が月替わりで色艶やかだ。較べて地唄舞は上方風、地歌で重い。御居処（尻）に舞の真髄がある、と尻の割れめの締まりを触らせた。

京舞は上方舞のうち京都を本拠地とする流儀。井上流が代表。若い美千代師匠が屡々《たびたび》独演。小柄ながらも知性の塊。瞬々に切り裂く所作の冷厳は立言の刃だ。

伝統の国の人形芝居を代表するのは大阪の文楽人形だ。

少年了作は、どさ回り劇団で、初めて人形芝居をみた。闇から出て、闇に去るまでの束の間に踊る木偶。散り行く命。その妖しい魔力は了作を魅了し、人形に憑かれていった。了作は各地にある人形芝居を探し、小劇場に招いた。

巨大な外連味豊かな淡路人形芝居。遣い手が人形に抱きつき抱き上げる、勇壮な姿。そして、最も小さい人形浄瑠璃で知られる〈灯籠人形〉。人形は背丈三〇センチメートル、遣い手は舞台のしたに身をかがめ、人形を貫く差し棒を使う。

其々をはじめ各地の人形の寸法、〈かしら〉の異様さは衣裳ともども特異な形態だ。一人遣い、二人遣い、三人遣い、と遣い手の数もさまざまだ。

だが、すべて闇から出て闇に消えるそこが劇場になり人生になる。死と生の地平が広がり人間の性の活動が位置づけられる。

だが人形と性の活動には、遣い手各々は口が重い。男根で放尿の場面でも、その意図の話に口を閉ざす。性行動は人間の心的葛藤の謎をとく鍵なのだ。人形芝居のなかの存在は自明の筈だ。一斉の箝口は理不尽だ。

その後、了作待望の文楽人形の上演が実現する

文楽の気鋭の人形遣い六名で、近松門左衛門作「曽根崎心中」。徳兵衛とお初の悲恋物語だ。三味線、義太夫は出演せず、ロックグループ・バンドの演奏だ。宇崎竜童が語

り、歌い、唸る。

ロックのリズムと文楽の幽玄の世界が交錯する。演奏が昂ぶり情感を吐露する。宙に浮いて動く人形に魅せられ、客席が響動《どよ》めく。

拍手鳴りやまず。

男と女の物語の感動を、〈ロック文楽〉がリアルに表現できて、了作、長年の念願を果たす。

人形遣いの先達は吉河玉介だ。了作、親炙に浴している。ものわかりよく捌けた人だ。

終演後、からの客席で二人で話す。

人形と俳優の共存での新しい劇的空間の創造、で終始する。

途中、人の魂が人形に憑依する話で恐くなる。さまざまな怨念が人形に取り憑く。殊に女の怨念は凄い。取り憑くと手が震え心が震え固着する。

時偶、待合茶屋で、裸の男女の絡みの依頼がある。人形の女の乳房は、横に寝ても凹まない。盛り上ったままの乳房の女を遣っていて、性の力を、怨念を、魂の力を感じてしまう。乳房は女の性の象徴ですから。

二人は押し黙る。

芸の真髄の、性が了作を押し潰す。

所に、桜紋十郎が現れる。

大阪の歌舞伎役者、一匹狼だ。名うての芸達者だ。若く美男だ。了作の企む独り歌舞伎に共鳴した。早々と数々の名題を演じ尽くした。独りですべて熟した。地方公演にも出かけた。好評、うけた。二人は、なぜか波長が合い意気投合、話が弾んだ。

彼は、芝居や役者だけでなく下世話にも通じていた。殊に特殊社会のゴシップに詳しかった。微に入り細にわたる。

畔倉織夫のくだりには殊更力が入る。歌舞伎のライバル意識も斯くやと心急《こころせ》く。既に耳にした病む人の裏を取る態で、また吐き気がする。

性産業の事情にも精通している。殊にポルノの制作には、つれがいる。語りは容赦ない、細を極める。疑似セックス、楽器を鳴らしバナナ折る女性器、生板ショー。性欲の、卑陋、露出、中毒、麻痺、反復、性風俗まで限りなく語られる。了作はすっかりポルノグラフィーの渦のなかだ。

紋十郎は言う。

ポルノビデオは、芸術に近づく。これまでの麻薬性、反復性に優雅性が加わる。欲情性、露出趣味は残るが低俗ではなくなる。

浮世絵の伝統に添った動く春画だ。春画は海外での人気も高い。災難除けのお守り、婚前の娘の性教育の役割も担う。まさに、演じ舞う美意識の表出だ。優雅な色欲。上等な逸品だ。購入者を魅了する、離さない。

観て異次元に耽る。観て観て心の質が換る。人間が換る。世が換る。ポルノの楽土だ。社会、家庭は潜んだポルノで埋まる。

強ち大言壮語とは云えない。

ポルノは麻薬だ、宗教だ。入信したら抜けられない。宗教は民衆の麻薬である、というマルクスの有名な発言が心を過ぎる。

訝り顔の了作に紋十郎は幇間芸を薦める。それは遊客の機嫌をとり、座を取り持つ芸だ。

了作は最後の幇間という名人に出演を依頼した。太鼓持、男芸者ともいわれ、座敷外では異例のことだ。

了作肝を潰す。

襖障子一枚だけの空間にすべての性の象徴が展観する。肉体の現実の断片を繋ぎ合わせて象徴にする。性現象弁証法だ。

性の活動は、死と生と時と永遠という大きな地平に位置づけられる。その活動の根拠は、人は死すべき運命にあるからであり不死への欲求を、生まれながらにさまざまなかたちでもっているからである。

狭い座敷に独りいて、存在の、人間の、社会の、経済の、政治の繋がりの根源だ。そして、芸能の、性の根源だ。ここから流れ、大河になる。

32

滔々《とうとう》と流れる性的欲望の飛沫を浴びて了作は、現つを失う。

紋十郎、痩せ男、病む人の顔が次々浮かんでくる。この人たちに脱帽だ。

偉大な精神は両性具有である、とコールリッジの声がする。

精神を忘れて肉体だけにかかずらうな、ウルフの叱声だ。

コロナ禍だ。

なんだよ、首相がふ抜けているではないか。ウルフそっくりの高橋純子だ。新聞社の編集委員だ。

政治家にとってなによりの「武器」は言葉だ。安倍話法の特徴は、責任が「ある」とは言っても「取る」とはめったに言わないこと。言葉はパサパサでスカスカしている。

同委員の福島申二の声だ。

丁寧、謙虚、真摯、寄り添う、といった言葉をさんざん「虐待」してきたのはご承知のとおりだ。いま、危機の時に言葉が国民に届かず、ひいては指導力が足りないと不満を呼ぶ流れは言葉に不誠実だった首相が、ここにきて言葉から逆襲されている図にも見えてくる。

新型コロナウィルスの緊急事態宣言のさなか、各新聞の紙面が喧しい。

了作、聞き耳を立てる。

言葉は生きものだ。言葉で生き、言葉で死ぬと自称する了作には看過でない事態だ。

言語の崩壊は国の崩壊だ。それは人生の崩壊だ。崩壊は、ゆっくりと足早にくる。

元素は、系列をなして次々と崩壊していく、他の元素に変化する壊変現象だ。

言葉の思索家ブーバーは、言葉を〈根源的な身体性〉においてとらえようとした。「我と汝」の思想での「我」は抽象的な「独語的我」ではなく、「我」と「汝」が相互に呼応し合う具体的な「対話的我」である。ブーバーにとって、「我」は「汝」なしには存在しないのだ。

デカルトの「意識我」、カントの「超越我」、キェルケゴールの「実存我」、のような「汝」をもたない自己完結的な「我」ではない。

相互に孤立化の人間に、真に生きるべき対話の道を示している。その「我と汝」の言葉そのものが「始源語」なのだ。

始源語は、この身体、この声、霊の息吹に出会う言葉なのだ。まさに「忘我と告白」には言葉の身体性が横溢している。

言葉で死ぬのは大事《おおごと》だ。

言葉で、死ねるのか。

死も言葉である。

死という実体を作り出すのは、ホモ・ロクエンスの言語＝意識である。

バタイユは云う。

私たちが死と呼んでいるものは、私たちの死についての意識である。

言語の崩壊は、それが壊れるのか、砕けるのか、絶えるのか、変るのか。

過剰想起で溢れた言葉に悩んできた了作だ。言語の壊変現象に出会いたい。その現場に居合いたい。次々に崩壊がやってくる、壊変の渦中に身をおきたい。その時、言葉の蘊奥に触れることができるはずだ。

それは言霊への拝謁だ。神秘な体験だ。言霊との接触、愛撫。交接交尾で融合する。
至福の死だ。言語次元への潜入だ。言霊を観て、吸い、飲みつくすのだ。
狂気の界だ。
そのために死の隧道を走り抜く。
隧を走る了作に悔いはない。
助走態勢に勢い込む。
その瞬間、想いだす。

33

言い遺したいことが甦る。

その為にこそこの繊悔録を書きだしたのだ。

ルソーに肖《あやか》りウルフに肖る件だ。


遠い日。


了作には、了作に代わって家督を継いだ二つ違いの妹がいる。妹は、父親似で磊落でまじわり広い。識りあいの一人に恬淡として欲がなく、人望の厚い女性がいた。年頃は妹よりも一回り上。無私無偏を理想として生きていた。

女性には娘がいた。

情愛深くも娘の能力の為には厳しく育てた。甲斐あって娘は音楽の道に進み教師の職に就いた。そして、声楽、オペラ歌手として活動、田舎町から都会にまで拡がった。

女性は娘の前途に期待を弾ませていた。

好事、魔多し。

娘に或ることがあり、また他のことがおこった。その事柄の終息を巡り、了作も一枚噛んで、当事者参加で齟齬をきたした。

辻褄の合わないことが重なって、捻れて蟠《わだかま》り、確執が生じた。

女性の家族互いの疑心暗鬼で、なんとなく、いつのまにか娘独りと、娘以外の家族、縁戚全員の間に、深い溝ができて、葛藤が続くことになった。

猜疑心で悶着が起こり、暗雲漂い不和となり、互いの反目を生む。

全ての起因は了作の当事者主義中立の提案にあった。それほど精神秘蘊《ひうん》の事案だったのだ。

了作の胸深く抱いていた正義の確信のなせる業だ。信条にまで募った正義感は軋轢を生み諍いになる。了作の忿懣《ふんまん》やる方ない悪癖だ。

往々にして、この絶対に譲れぬ信条は、人の生きる根拠になり、固執で相互存在の不幸になる。

これは、人間存在の宿命なのだ。

殊に悲惨は、母娘の絆の切断だった。永年培った強靭な絆だ。母にとっては断腸の悲しみ、理不尽な酷さだ。なにがなんだか。原因は。何故。如何して。実直に育てた娘だ。

歪む心はないはずだ。唆《そそのか》されるなにか。人か、思想か。いつも必ず袋小路に突当たる。

了作が唆した。

が、声は届いてない。

一度、母は忍んで演奏会場にいた。だが娘とは逢わず話さず、去った。

二十年経た。娘は母の施設、看取りの枕元にいた。付き切りは二カ月を越えた。充分に逢い充分に話し、歌った。涯ない時流れ九十余年、その流れのなかに母と娘はいた。

凍てつく冷気の朝、黒い霊柩車が施設を滑り出る。凛として滑る。

霊柩車の窓に母の顔だ。立ち尽くす了作に視線がきた。視た、と視紛《みまご》うた。

視た筈だ。視ない筈がない。永く悲嘆の底に沈めた罪びとがいたのだ。塗炭の苦しみを与えた罪びとがいたのだ。

罪万死に値す。

冥界での謝罪を誓う。

了作は眼で追う。

霊気の靄に消えて行く。

心に刻む。

34

嵐が騒ぐ。
隧道に響く。
音楽が響く。了作死ぬときの響きだ。死ぬときの音楽だ。焦がれ、待叫のうただ。
隧を走る。涯は近い。
響きは、音の波に、そして詩情に換わる。
詩情溢れる音楽。
詩情を噴く歌。
それは了作、生涯賭けて探す歌だ。死の床で聴く至福の一曲だ。
闇から生れて闇に消える了作に、間際に聴こえる音楽だ。

顧みて半世紀。
詩と音楽の境こそ、了作、生涯陥て溺れた坩堝の渦だ。
詩の朗読伝播に拘る了作は、俳優の詩朗読と詩人の自作朗読会を催した。仲間を募って、喋る詩、歌う詩、演じる詩と称して詩の朗読を「流し」て歩いた。

だが詩劇を極めた詩の朗読。その劇的行為が市民権を得るための道は速い。

紆余曲折の末、朗読の場の小空間を教会の地下に開設した。小劇場ジァンジァンと名乗る。

当初、ジァンジァンでは「語りのシャンソン」が中心だった。シャンソンは本来「歌う」よりも「語る」ものだという再認識の追求だ。

七転び八起きの末、前衛演劇をはじめ、ロック音楽、津軽三味線、舞踊舞踏、民俗音楽、クラシック音楽、トークショー、落語に至るまで変幻自在に舞台の姿が変っていった。

三十一年の歴史を刻んでいた。この間、了作は詩と音楽の融合に試行錯誤をかさねていた。

新鮮な詩と音楽のオリジナル曲が欲しい。谷川俊太郎と武満徹との共同作業を依頼したいが、断られるのは予測できた。

「日本語とサウンズ」が頭から離れない了作は、バッハを日本語で歌う、からビートルズを日本語で歌うに、辿り着く。

詩人羽切美代子の訳詩で松岡計井子がトリオの演奏で歌った。初日、超満員の客で好評だった。歌詞の意味明瞭は大きい。この日から「日本語ビートルズ」の作業が急発進し、二百曲近くを消化し、地方コンサートも開いた。

ビートルズの曲想を借りた新しい歌づくりだ。無理な訳詩作業は承知で強行した。訳詩への誹謗は了作独りで耐えた。

しかし、ロックに日本語はのらないという不文律は破って、先駆けた。

その折、谷川俊太郎の「対話シリーズ」という画期的な企画が実現する。

出演は、大岡信、和田誠、武満徹、山本太郎、草野心平、粟津潔、吉増剛造、岸田今日子、林光、詩人、作曲家、女優など豪華メンバーだ。

谷川はいう「……レコードやテープや、スライドやフィルムを通して友人たちの仕事ぶりを見てもらおうと思います」。

評判が評判をよんで、毎夜、満員札止めの状態だった。了作は、詩と音楽の融合には示唆に富む夜だと感じた。

ジァンジァンではすべての分野を網羅した多彩なプログラムが展開していた。

演劇、音楽、舞踊、演芸のほか、ジャンルを超えた芸能活動の拠点として、新しい才能を発掘した。

例えば、邦楽器シリーズでは三味線、尺八、琴、笛、太鼓から琵琶、胡弓、ゴッタンによる、バッハからジャズ、ロックさらに民族音楽にまで幅を広げる。そして邦楽器と西洋楽器との共演でさまざまな実験に挑戦し続けた。

そこに髭の粟國安彦が現れる。

鍾馗の風貌だ。イタリア帰りのオペラ演出家、沖縄生れ、歌のわかる演出家として評価され活躍中だった。了作と意気投合し、ジァンジァン・オペラに挑んだ。

西洋から輸入され日も浅いオペラは、一部好事家だけのものの状況があった。音楽性と演劇性の融合の上に立つ、親しまれるオペラ時代の到来は安彦の双肩にかかっていた。

期待に違わず、鮮やかな舞台を数多く遺して逝った。

安彦はことあるごとに自分は大東島の出身だと言っていた。

「どんどん海を渡っていく、結局個人にもどる。そこに島に育った特権がある。小さな島に生まれたこと一生懸命考える。それが特権です。逆境にあるときに凄く感じます。自分だけだと……」

絶望に打ち克つのは孤独だけだと言っている。海に突き出た断崖の岩の上の孤独だ。

孤独の生霊だ。人面鬼身だ。

いまも、断崖の海に立っている。

35

海鳴り。波飛沫で隧のなかまで濡れそぼる。

想い起す。

三十年前だ。

粟國安彦追悼公演だ。

終わった夜のことだ。不思議が起こった。

誰もいない会場の隅で了作、所在なかった。靄のなかに突然痩せた僧が掃きはじめた。

凛として竹箒でお祓いのように穏やかに。禅寺の庭だ。掃きながら袖に近づくと黙礼して靄に消えた。

女だ。あの娘だ。

了作、金縛りだ。安彦の生魑魅《いきすだま》と思った。奇怪な在り様、物の怪だ。

それから五年経つ。

百人ほどの前でマイク片手に歌う女がいた。

♪落葉松の秋の雨に　私の手が濡れる……
　落葉松の秋の雨に　私の心が濡れる

客席に漲《みなぎ》る感嘆はいつまでも尾を引いた。終始涙の女客もいた。帰りしなの客がいう。

　日常を見詰め直さなきゃ。

　生きてるだけじゃだめ、考えなきゃ。

歌の心情が伝わったのだ。聞き流せない。

まるで女伝道師の風貌なのだ。

それは靄の女だ。

あの痩せ女僧だ。

教師を辞めた、合唱団を辞めた。婚家を辞めた。世間を辞めた。

即座に襲ってきたのは、不安や孤独、羨望や嫉妬、裏切りや忘恩、憎悪や排他、嘘や出鱈目、無責任や傍観、残虐や冷酷など、悲劇的な矛盾だ。

彼女はアルプス山麓に住んだ。ピアノと寝た。歌った。昼も夜も音楽漬けだ。音楽談義だ。音楽が導く永い日々で培った力だ。了作も議論で成長した。相手取るに不足はない。必ず、対立して止揚だ。弁証法的ひろがりだ。生まれ落ちて歌が好きだった。母の膝で歌った。兄にヨチヨチ従って歌った。蜜柑箱見ると上がって歌った。山で、林で、川で歌った。

孤独のなかで歌った。

繁雑な音楽生活から自分独りの歌に戻った。

時偶の人垣や一群で歌うと、心が通じ、弾むのだ。

また三年経つ。

オペラ「蝶々夫人」に挑む。

このオペラは本来、交響楽団の演奏で上演されているが。その演奏に替わってシンセサイザー三台とピアノでの斬新な音楽創りだ。全編一時間半だ。画期的で無謀な試みだ。

アメリカの海軍士官と結婚した芸者、蝶々さんは帰国した夫を待ち三年。彼は新しい妻を連れて戻る。絶望した彼女は子供のために自害する。不実な男を愛した女の悲劇だ。

蝶々夫人は彼女で、バリトンとメゾソプラノ二人の歌手が出演する。

床が全面階段式の構成舞台で、縦長の白障子戸が四枚、左右に移動して趣向を凝らす。会場は、長野市と上越市のホールで、夫々千名程の客だった。

客席は熱気に満ち、勘所で拍手もあった。

圧巻は、蝶々が自刃して、血潮の赤が障子の白に一面に飛び散るラストに沸き起こった惜しみない拍手だ。昂奮した女客があられもない後姿で舞台を攀じ登って蝶々を追った。

余韻は舞台袖、通路、そこここに固まってひそひそ話だ。感動を扱いかねている。了作は考える。

これほど人の心を動かし奪うのはなにか。

容姿、精神ともに平常で、憑依する能力も窺えない。永年の教員生活も相俟って、正邪善悪の判断は明確だ。人情厚く誠実で篤心は強い。仲間を導く性格だ。

過剰想起で神経症的な了作に比して、抽象より具象、現実を直視する。外観、言動から異才、奇才の標しはない。

36

人心掌握の謎は深い。
時を稼ぎ日を追っても謎は深く、迷宮だ。
ひょんなことが起きた。
その事件が切っ掛けで謎解きの道がついた。
或る日。
いつもの音楽談義だ。論じ合い激論になる。
彼女の論議は、音楽の歴史、理論、現場の経緯を背景に、強靭だ。
了作の無神経な失言が出た。生存の根拠を揺るがし、心情を害《そこ》なった。
堪らず彼女は飛び出していった。
暫らく戻らない。
慙愧懺悔の了作も後を追う。見つからない。
吼える声だ。
離れた、林のなか、切り株で大泣きしてた。

甲斐駒ヶ岳に吼えていた。断崖で吼える狼だ。口を大きくあけ、あらん限り吼えていた。身も世もあらぬ態で泣いていていた。宙に向かって細く長く、いつまでも泣き続けた。

見て、了作その場に釘づけだ。

慙愧を忘れて感動していた。

夥しい量の吐く息だ。真っすぐに山に向かい、空に向かい、宙に向かって吐きつけた。

山に憑依していた。空に憑依し、宙に憑依していた。

真直ぐに、一途に、ひたむきに立ち向かう。意気地に通し憑依する。

一途に吐き、吸う。消えていた呼気が生れ、音になり言葉になり思想になる。そして、思想は言葉になり、音に、呼気になって消える。憑依の循環だ。表現への道だ。芸術への道だ。これ以外にない。歌も絵も踊りも。

彼女は憑依のなかにいる。

歌に憑依、歌そのものになる。

歌の詩になり曲になり思想になる。歌の息になり音になり無にきえる。

彼女の歌は人の心を動かし奪う。

希有な才能だ。

偉才の人だ。

暮《く》れ泥《なず》む。

了作は彼女を残す。

気づかれずに去る。


そして幾年。空一面のロックの響きだ。ギターが啼き、ベースが唸る。ピアノが敲き、歌が漲る。

ジョン・レノンだ。歌は靄の女だ。

レノンに、詩に、憑依している。


♪どこまでいっても／私につきまとう／冷たさ／孤独／この世はなぜか／弱いものたちだけを／倒す／さみしい事。

人間であるなら／時にはまちがえ／人間であるなら／時には苦しめる。

許し、許され／いくより他にない／君も、私も／孤独の中にある。

まわりのもの全て／太陽さえこわい／この世の終わり／感じる私たち／あぁ、さみしいもの。

渺渺と響く。

隧に響く。

了作、生涯に最期の歌だ。死に着く歌だ。

終に、遂に選んだ歌だ。

選び取るには万般があった。

幾千幾百、幾年も聴いた。クラシック、ジャズ、ロック、民族音楽、網羅した。

候補はマタイ受難曲。フルトベングラー、ヨッフム、クナッパーツブッシュ、数々の指揮棒が振り競った。

巨匠たちを振り切った、靄の女。生魑魅。

並み居る傑出に抜きんでる音楽の力を発揮する靄の女。

それこそ音霊の力だ。

秋の夕暮、問わず語りに語りだした。

ゲンリッヒ・ネイガウス教授に遭遇して目から鱗が落ちた。

『ピアノ演奏芸術』。

名教師として名高い教授のピアノ教育の神髄を披瀝した歴史的名著、を手にしたときだ。

音楽の言葉で心を燃やせ。その言葉とは演奏、歌うことだ。聴いて、深い人生観でより強く生きたいと思うことだ。

音楽は一つの完結した言葉で明確な表現手段だ。音は内在する意識でもある。

美は、表現の簡潔であり、自然である。

思索している音楽家でなければならない。

個人の体験が音楽の天恵になる。体験なければ心のない形式になり、空虚で退屈なものになる。

ありとある〈不溶解性〉のもの、言葉で表せないもの、描写できないものが人間の心の中に常に存在する。これらは全て〈無意識下〉のもので〈超意識的〉。音楽の王国に存するもの。

ここに音楽の源がある。


靄の女は、一息ついで語り続ける。

私は、音楽の源探しの旅にでた。自分の声探しだ。ジャンルを越えて歌ってみた。何種類かの唱法に挑んでみた。この試みに対する誹謗中傷は思いの外だった。その中でわかったことは、特にクラシック音楽における声楽の発声練習が人間の尊厳を踏み躙ることがある。技術のための発声訓練で型に嵌めると往々にして型に固執することになる。形骸に塗れて本質を見失う。結局、幼い頃野山で歌っていた歌に戻る。孤独に戻る。

音楽遍歴の試行錯誤で生まれでた思想だ。

ネイガウスは言う。


音は聴覚と精神的資質でできている。

〈まだ音ではない〉と〈もはや音ではない〉この二つの極限のあいだにありとあらゆる音の濃淡（漸次的変化）が横たわっている。

音の最初の誕生、まだ音でないもの一種のゼロ。鍵盤を軽く押さえながら下ろすが、まだ弦を打っていない状態。

音のゼロを聴くことからレッスンをはじめる。


靄の女の傍らにネイガウスがいた。

ゼロの音の意識は不滅だ。その思想は不動不変だ。

先頃、期待した若いミュージシャンが、音楽に思想は古い。いまはカラオケです。

この言葉の衝撃は強烈で了作を倒した。死ねと云われた様で暫く寝込んだ。

溢れる音楽のなかを了作は泳いでいた。

音楽の思想、歌の思想を探していた。

生涯には夥しい数の歌があった。了作のいのちを援けた歌もあった。

生きてるっていってみろ・友川かずき、月の雨・小山統太郎、身も心も・宇崎竜童、
私ってこんな・中山ラビ、この空を飛べたら・中島みゆき、吾島・里アンナ、人生は過ぎ行く・美輪明宏。

その歌の一つで、一日心が充ちた。励みになった。生涯を紡いだ。裟婆の煌めき。

裟婆は去る。

隧のなかはレノンの響きだ。満ち足りた了作に末期の響きだ。

靄の女が吼える。

吼え猛ける獅子が、聖書の描写のようだ。

了作の脳裏に焼き付いてきえない。

記憶は常に現在だ。常に傍に、眼のなかだ。息遣いも荒い。

その姿、心打たれて息が詰まる、切ない気持ちで行き悩む。

それは愛への示唆だ。愛は、最も奥深い憂悶と関わる深刻な精神現象だ。生命意欲に

関係し、生きる人間の根源なのだ。

了作は、その吼える姿に触発されて、愛の省察に沈み込む。

37

この世に生み出されて、そのままに大切にし、存在の意義を信じて、それを慈しむことのうちに、愛の本質があることになる。そして愛の諸相が成り立ってくる。

おそらく、人間の存在の根底には、誰のうちにも、こうした愛の記憶が、潜在的に含み込まれている。それこそ、いのちの源泉だからである。

人間は、知性によってだけ生きているのではない。知性よりも、愛と意志こそが、世界形成の原動力なのだ。

フィヒテは、人間の根底に、人生そのものへの愛が、沸々と滾《たぎ》っていて、この世の有為転変を越えて、人生の充実を求めていると示唆した。

愛は現実的には、自己滅却的な没頭と献身、無我の挺身、奉仕や愛憎の心となって現れる。と同時に、自己の人生の拡充や向上を希って努力し精進する情熱ともなって多様に展開する。

しかしながら、人間には厳しい生存競争の事実があり、熾烈な争いが人間社会にたえず噴出しようとしている。

それ故、昔から天国と地獄、善と悪との二元性があると考えられてきた。二つの魂が争い合っている。

だからこそ、愛の理念の尊さをたえず思い起し、いのちの尊厳を見守り、生きるものを大事に慈しむ愛の重要性を自覚し直さなければならない。

隧のなかは、レノンの響きが溢れている。

孤独の歌、孤独が煌めく。

人間は、究極、孤独な存在だ。

世に生み落とされて死に至るまで、各自自身、絶対に個別的な存在だ。

孤独のなかで熟慮する。心の奥底を孤独のなかで見つめつつ、自己を照らす根源的なものと面座する。

吼える女は、自己を遮断し沈思し存在の真理の出現に、身を開き受け容れて、天の音楽を聴いているのだ。

至福の音楽。
了作に無上の餞、末期の音楽。
隧を走る。響きのなかを走る。
心晴れやか。
風を走る。
一直線。
涯は近い。

38

「私はこれから死ぬところだが／かたわらに誰もいないから／君らに挨拶する」と自分の肝臓、腎臓、膵臓に別れと礼を述べるのは谷川俊太郎の詩「さようなら」だ。

別れてすっかり身軽になり、魂だけのすっぴんでイメージは終盤へ広がる。

「もう私は私に未練がないから／迷わずに私を忘れて／泥に溶けよう空に消えよう／言葉なきものたちの仲間になろう」

数々の別れの後、深い内省を経た魂の表現だ。その鮮やかさ、爽やかさは秀でて人生の本質に迫っている。

了作、突出して親炙に浴した詩人だ。言葉については先達であり異才の人だ。詩の朗読の仲間だった時期もあった。

昭和一桁の生まれで、生き残っている二人だ。同年の所為か、その生き方、死に方には殊更目が離せない。

あれほど秀でた語感をもつ彼の脳だ。

死に臨んで脳はいかに働き、なにを感じるか。そのまま言葉なきものの仲間になれるか。

随を走る了作には喫緊の命題だ。

彼に質して、その真偽を判断する根拠を識りたい。

生まれついて、知らず識らず言葉に馴れ、悩み、過剰想起に嵌ってしまった身にしてみれば、その願いは一入だ。

人は生を受け、言葉に囲まれ、育てられ、ものを考え他者との関係を樹立していく。

だが、あまりにも無意識的なものなので、反省的に言葉を考えてみることもない。

了作は、夥しい臨死体験を識る。

キュプラー・ロスやレイモンド・ムーディのよく知られた報告をはじめ、数多くを読んだ。

なかでも思想家カール・ユングの臨死体験には惹かれた。六十八歳、心臓発作で意識不明だった。

ユングは自伝に記している。

「幻像も体験も紛れもない現実だった。そこに主観的要素は何も入っていない。すべてが絶対の客観性を備えていた」。

ユングは宇宙の高みで地球を眺めていた。地球は「青い光が燦然と輝くなかに浮かんでいた」。彼は人生を回顧した。経験のすべてが走馬灯のように目の前を通り過ぎるのを実感した。大海、大陸、雪を戴く山々を見た。やがて、宇宙に漂うヒンズー教の礼拝堂を見つける。彼が近づく。そこへ彼の主治医の博士が、ユングの肉体が横たわるヨーロッパからふわふわと昇ってきた。博士はユングに伝えるため地球から派遣されたのだ。あなたが地球を去ることに抗議の声が上がっている。戻ってくださらねば。「その言葉を聞いた瞬間、幻像はかき消えた」。

彼の体験の際立った特徴は、他と異なり、彼の記憶に大きく引きずられている点だ。

それに、過去が織り成す精緻な心像が鎮められている。

そうしてみると、臨死体験を説明する脳のメカニズムは、必ず自伝的記憶を物語に仕立てられるもの、ということになる。それは、内容豊かな物語である。

それはこころだ、と了作は閃く。

脳はこころだ。

こころは脳の機能である。

呼吸が肺の機能であるように。

こころも脳も表現を作り出し、生存や繁殖手段として使用する能力だ。

緻密な言語活動は鮮やかだ。


脳が死の入口に立ったとき――

その間際、脳はいかに働き、何を感じるか。

脳は夢と真と死を識っている。

無意識と無への移行を識っている。

脳は死に瀕しても活動し、人を覚醒―夢―無意識の混在した〈ボーダーランド〉へと
誘う、という。
曖昧模糊。
開闢以来の混沌。
境界層の領域。

風もなく。
了作、死の隧道を走る。
言葉を抱え、言葉で死ぬ。
言霊の幸ふ、を。
唱えつ、。

あとがき

走りはじめたのは、時恰も新型コロナウィルス集団感染が起きた冬だった。忽ちのうちに、世界中の都市で、古典的な外出制限に頼らざるを得なくなった。当初、コロナ対応の拙さが現れ、緊急事態宣言がでた頃には、処理、対策の先が見通せず、国中が右往左往していた。

その暗い雲に覆われ続けた日々の報道で、言語が滅び国が滅びてゆく姿をまざまざと見据えることになった。見る間に大屋台が傾き、崩れた。

殊に、首相の言葉は、想像を絶する愚かさで国民には届かず、指導力の欠如を証した。言葉に不誠実で、言葉から逆襲されていると言える。言いはぐらかしが多く、言葉が貧しい。慇懃だが中身はなく、言霊の重み、深みはない。

首相のみならず、厚労省、経産省の官僚はじめ霞ヶ関全体も、言葉と思考が勁くなければ互いの信頼関係を失う。地方の役人たちの行政行為の齟齬錯乱事件が多発し、コミュニケーション喪失は目を覆う。

歴史に学ばず、現場を知らず、統率力ない言葉の蔓延で、国は滅びた。

冬は去り、春も過ぎ夏だ。コロナ感染は燻り、自粛、孤立意識は後を引く。

フォークナーはスピーチした。

「私は人間の終焉を信じない。……（中略）……人間には魂があり、共感と犠牲と忍耐を担うだけの精神があるからだ」

想い出す。五十年以上前、物情騒然のなか全共闘運動は「連帯を求めて孤立を恐れず」と標榜し広めた。

孤立のなかの連帯の表明を語ったのは『ペスト』の作家、アルベール・カミュだった。

人々の思考の糧になるのは、人間の言葉と想像力だ。

言葉が滅びれば、国が滅びる。

言霊のなかで人は生かされ、言霊のなかで国が活かされる。

高野雅裕、高野裕子、藤崎一雄の各氏と宮沢美智子に感謝したい。

二〇二〇年秋　　高嶋　進

参考にした本

ジャン＝ジャック・ルソー『告白』上中下巻、岩波文庫、一九六五年
ヴァージニア・ウルフ『自分だけの部屋』川本静子訳、みすず書房、一九九九年
今泉文子『ノヴァーリスの彼方へ』勁草書房、二〇〇二年
『ノヴァーリス作品集』全三巻、今泉文子訳、ちくま文庫、二〇〇六年
ケヴィン・ネルソン『死と神秘と夢のボーダーランド』小松淳子訳、インターシフト、二〇一三年

プロフィール

高嶋　進（たかしま・すすむ）
一九三二年、新潟県生まれ。青山学院大学文学部卒業。六九年渋谷ジァンジァン、七七年名古屋ジァンジァン、八〇年沖縄ジァンジァン、八三年座間ジァンジァンを開設。著書に『ジァンジァン狂宴』『ジァンジァン怪傑』『ジァンジァン終焉』『八十歳の朝から』『この骨の群れ／「死の棘」蘇生』『崖っぷちの自画像』『道化師の性』『死んでみた』『心を彫る　田川憲と棟方志功』（いずれも左右社）がある。

死の隧道をゆく

二〇二〇年十月二十日　第一刷発行

著者　高嶋進
発行者　高野雅裕
発行所　株式会社　協立コミュニケーションズ
〒四〇九－一五〇二
山梨県北杜市大泉町谷戸八九七四－四〇六
TEL.0551-45-8593　FAX.0551-45-8592
https://www.kyoritsucom.net

カバー・本文写真　宮沢美智子

印刷・製本　株式会社 ピー・エス・ワイ

 ISBN978-4-99058-8168

高嶋進の本

ジァンジァン狂宴

本体価格各一七〇〇円

「壊れたバランスを軌道修正する場所がジァンジァンだった——美輪明宏」

1969年の誕生以来、30年間に渡りサブカルの聖地として数々の伝説を生み出してきた小劇場・渋谷ジァンジァン。その劇場主による自伝的小説。書評多数掲載。

ジァンジァン怪傑

本体価格各一七〇〇円

沖縄から青森まで、ジァンジァンの活動を通じて、巡り会い、ともに生きた畏友、盟友。あの時代の裏方だった8人の魂を描き出す人物列伝。貴重な時代の証言。

ジァンジァン終焉

本体価格各一七〇〇円

彼岸に渡りし友を追悼し、終焉の地を探して青森のねぶた祭、長崎の精霊流しを見、霊場恐山の地獄をめぐる。已の内面に錘を下ろし、幽明の境で思索する魂の巡礼記。

ジァンジァン3部作完結編。

八十歳の朝から

本体価格各一七〇〇円

平和の尊さをかみしめ、島民が一体となったあの公演—。宇崎竜童、矢野顕子ら数々のアーティストが出演した一夜から30年。ジァンジァン劇場主による魂鎮の旅。

この骨の群れ／「死の棘」蘇生
本体価格各一八〇〇円

「死の棘」を舞台に載せる—。特別な想いを寄せた沖縄、奄美で出会った高貴な魂、仲吉史子、石川文洋、屋良文雄そして上地昇と　島尾敏雄・ミホとの交友を描く。

崖ぷっちの自画像
本体価格各一八〇〇円

人は何のために生きるのか。著者の行動力の源泉はこの尽きせぬ自問自答だった。ジァンジァン開設以前のエピソードなどで綴る著者渾身の遺言。

道化師の性
本体価格各一八〇〇円

誰もが性に悩んでいた—。コンプレックスと衝動が渦巻く性とは何か。ジァンジァン劇場主の見聞と思案。

死んでみた
本体価格各一八〇〇円

生き方は人生の芸術—。山深い信越に生まれ、時代と人間関係の荒波に翻弄されたある女の一生。

心を彫る
本体価格各一八〇〇円

生を謳い死を想う版画家、田川憲と棟方志功—。二人の天才と出会い、揺さぶられ、怒り驚き、涙し、生と死の迷宮に入り込む。